16	3	2	13
5	10	11	8
9	6	7	12
4	15	14	1

José Almino

O MOTOR DA LUZ

editora 34

EDITORA 34

Editora 34 Ltda.
Rua Hungria, 592 Jardim Europa CEP 01455-000
São Paulo - SP Brasil Tel/Fax (11) 3811-6777 www.editora34.com.br

Copyright © Editora 34 Ltda., 1994
O motor da luz © José Almino, 1994

A FOTOCÓPIA DE QUALQUER FOLHA DESTE LIVRO É ILEGAL E CONFIGURA UMA
APROPRIAÇÃO INDEVIDA DOS DIREITOS INTELECTUAIS E PATRIMONIAIS DO AUTOR.

Edição conforme o Acordo Ortográfico da Língua Portuguesa.

A Editora 34 agradece a Francisco Alvim, Vilma Arêas e Michel Riaudel
pela cessão dos textos críticos para esta edição.

Imagem da capa:
Paris (Montparnasse), 1975
© *Alécio de Andrade, AUTVIS, Brasil, 2021*

Capa, projeto gráfico e editoração eletrônica:
Franciosi & Malta Produção Gráfica

Revisão:
Milton Ohata

1ª Edição - 1994, 2ª Edição - 2021

CIP - Brasil. Catalogação-na-Fonte
(Sindicato Nacional dos Editores de Livros, RJ, Brasil)

Almino, José
A595m   O motor da luz / José Almino. —
São Paulo: Editora 34, 2021 (2ª Edição).
104 p.

ISBN 978-65-5525-084-8

1. Literatura brasileira. I. Título.

CDD - 869.3B

O MOTOR DA LUZ

O Gordo 11
Poeira.. 15
Thomas.. 17
Literatos.. 19
Cornfield, Cornfeld 23
Cariri, Cariris... 29
Traços 33
Adolfo... 37
A esmo 39
Servidão 41
O inquilino.. 43
Bairro Vermelho.. 47
O homem que tinha nome de cachorro 51
Minha gente 53
O motor da luz... 57
Rua do Lima 59
Fogo morto 63
Thomas, Glebov, Noemi 67
Solecismo 71
Desmantelos... 73

Índice ordenado de fontes das citações................. 76

Pequena fortuna crítica 79
Sobre o autor 101

Agradeço à Fundação Vitae a concessão de bolsa que tornou possível a realização deste livro.

Para
Gusto e Guel, na rue Pascal
Dedé, Susana, Caetano e Rodrigo, na rua Peri
Carlos Duarte e Mario Leão, na camaradagem

Quando cheguei aqui, santo Deus! Como eu vinha!
Nem mesmo sei dizer que doença era a minha,
porque eram todas, eu sei lá! Desde o ódio ao tédio,
moléstias d'alma para as quais não há remédio.
Nada compunha! Nada, nada, que tormento!
Dir-se-ia acaso que perdera o meu talento;
no entanto, às vezes, os meus nervos gastos, velhos,
convulsionavam-me relâmpagos vermelhos,
que eram, bem o sentia, instantes de Camões!
Sei de cor e salteado as minhas aflições.

O GORDO

Sa physionomie, noble et vide, annonçait des idées convenables et rares: l'idéal de l'homme aimable, l'horreur de l'imprévu et de la plaisanterie, beaucoup de gravité.[1]

Ria com uma bonomia que a gordura ilustrava e uma afabilidade que a boa educação lhe transmitira. Tinha a mania de concordar com o que lhe fosse dito e continuar no mesmo assunto e tom. Nisto era sincero. Sempre lhe atribuí uma profunda vontade de mandar, intuição confirmada quando o vi devorar uma enorme taça de sorvete. Falava rapidinho, entre lambidas, procurando guardar a iniciativa na discussão. Expunha a teoria de que o problema da tomada do poder deveria ser resolvido com a criação de dois grupos revolucionários distintos, sem comunicação entre si: enquanto o primeiro se encarregaria de conscientizar as massas, o segundo eliminaria — e nesse momento ele fazia um movimento de mão cortando o ar na horizontal — os inimigos políticos e pessoas poderosas ou influentes da direita. Como o sabia medroso, de uma covardia quase caricata, uma indispo-

---

[1] "Sua fisionomia, nobre e vazia, prenunciava ideias convenientes e raras; o ideal do homem amável, o horror ao imprevisto e a brincadeiras, muita seriedade."

sição física para tudo — moleza que no colégio interno provocaria raivas adoidadas e surras violentas —, veio-me, naquele momento, essa mesma irritação infantil agora travestida de superioridade moral.

Em parte era isso o que me fazia falar com o Gordo, ao sair do trabalho ou durante a tarde, em longas conversas telefônicas, quando o dia se arrastava forçando-me a uma melancolia cuja origem mergulhava em passado longínquo e quase conhecido. Eu gostava de pensar que a vontade dessa presença, a repetição das minhas visitas e das nossas conversas, eram o efeito deliberado de conhecer o que eu considerava uma alegoria monstruosa, exemplar, da minha geração. E a simples menção dessa palavra evocava toda sorte de autocomplacência, sentimentalismo eivado de ingenuidade aristocrática, da convicção supersticiosa de participar de uma entidade coletiva, firmada na história, prenhe de sentido. Daí, talvez, seu poder encantatório, que acrescentado ao possessivo e em discussões ou na memória — a "minha geração, a nossa geração" — vai nos transmitindo uma espécie de consolo e de pena de nós mesmos.

No entanto, essa sensação de reconhecimento, que eu pressentia mútua, vinha imbuída de algo mais vago, um desgosto, nas suas várias conotações, de ausência de gosto, de pesar ou mágoa, nojo e aversão. Morreu de desgosto, ouvia dizer quando menino, mal secreto que agarra a vida para baixo, e tanto podia ser depressão envolvente ou dor delimitada por perda irreparável. Indo da Cinelândia para São Cristóvão, fora assaltado por esse mesmo sentimento, transmitido por aquela parte do Rio acanhada, ruína moderna e mesquinha. Havia também a inércia do passado que me fazia voltar aos mesmos lugares ou pessoas. Tantos esforços ficaram presos a esperanças desconexas. Agora tornara-se claro que o futuro não se organizara em torno de nós. Tudo haveria sido, tão somente, pedaços esgarçados, o esvair da vida sem finalidade ou sequer destino. E ainda o correr da lembrança poderia ser melaço alegre, claro, doce alfenim.

Enfim, conversávamos. Conversar tinha se tornado um exercício intelectualmente quase inútil, simples hábito que dissimulava uma ansiedade constante. Como uma adolescência suspensa, o desterro era um lugar de possibilidades infinitas onde o tempo não contava no seu repetido avanço. A morte de H., um amigo comum, nos revelara uma vulnerabilidade nunca sentida. Esse acontecimento, que normalmente incitaria à perplexidade, era tratado pelo Gordo com uma espécie de indiferença doutrinária. A incapacidade de se espantar diante do desconhecido que, em outro, poderia ser um sinal de estreiteza intelectual, adquiria nele qualidade estoica, de lucidez radical.

Encerrados os comentários sobre H., o Gordo abaixou-se, pôs as galochas de borracha. Economia de botas de inverno, o conforto de andar com os sapatos leves no trabalho. Sentimento desagradável de que naquela respiração pesada, nos cálculos sóbrios e nos erros tão inteligentemente cometidos, havia como uma imagem antecipada de mim mesmo.

POEIRA

But Romeo is bleeding as he gives
the man his ticket
and he climbs to the balcony at the movies
like everybody heros' dream
just an angel with a bullet and
Cagney on the screen.[2]

Há muito que eu lembrava de quase tudo: na poeira da estrada, as tardes, os babaçuais eram imensos e, no fundo da garganta, havia o gosto claro de um lugar que todo mundo chamava "A Nascente". Em Recife, as chuvas de julho encontravam o terraço da minha casa, como o disparar da vista pela baía de Argel, onde os cheiros traziam outros lugares ao som de cada passo. O homem que caminhava ao meu lado ofegava, suava e contava uma história em proveito próprio. Era simpático, como no Brasil diz-se das pessoas falantes e agitadas. Narcisismo e sentimentalismo eram a matéria-

---

[2] "Mas, já sangrando, Romeu dá
a entrada ao porteiro
e escala as paredes até o balcão, no cinema,
como no sonho de todos:
ser herói, anjo baleado,
e Cagney na tela."

-prima das suas opiniões políticas. Tão Brasil, e esse vício secreto irritava-me, já que era uma parte assentada da minha vida. Em princípio, eu gostaria de ficar pouco tempo assim. Então, a política tinha o gosto e o ar vadio das primeiras páginas de um romance policial e do olhar dos pobres, e dos confessionários e da nossa desgraça. No canto de uma praça no Crato, como em outros lugares, há um edifício solene e modesto: o templo dos maçons, com dois compassos que se cruzam, em azul clarinho, parede sempre caiada. Denuncia a crença de alguns homens na universalidade ou, mais simplesmente, de que pudessem ser reconhecidos em todo lugar; que aquele aperto de mão não fosse adeus.

E, no entanto, o manquejar do contador Florival, com suas unhas esmaltadas e o seu terno preto das reuniões nas sextas-feiras; o rosário rezado naquelas noites pela mulher de um fiscal do Banco do Brasil pedindo, com obstinação, que ele deixasse aquela confraria, tudo indicava que a universalidade não poderia ser esperada ou encontrada por ali. Ela vinha *às vezes quando, à tarde, nas tardes brasileiras, a cisma e a sombra descem das altas cordilheiras*; e Scaramouche ensaiava os primeiros golpes, e D'Artagnan já havia tido os seus três mais importantes encontros, em Paris, recém-chegado da Gasconha. Vinha ela, a universalidade, possuída de uma beleza cinematográfica. Daí, então, eu ter adquirido, lentamente, um sentimentalismo próprio, que me foi utilíssimo já bem tarde, ao descobrir que a alegria era presa querida de muitos, um dente de ouro no canto da boca.

THOMAS

I see him lounging at a bar, a dapper little man, chatting good-humouredly with a casual acquaintance of women, horses and Covent Garden opera, but with an air as though he were looking for someone who might at any moment come in at the door.[3]

Ele passeava entre as ruínas da sua cidade nostalgias de uma civilização que sabia nunca haver existido. Terrível segredo. Por isso escolhera para viver alguns poucos lugares: Paris, Florença e, nos dias mais sombrios, Dublin. Na capitania dos portos do Recife havia um canário da terra, tomava-se cerveja, a vida nos roendo os corações entre os vários silêncios do bairro das Graças.

Um amigo comum e poeta, Cesário de Melo, dissera-lhe certa vez que eu poderia ser um grande poeta. Por isso, nunca o esqueci. Era baixinho, meio barrigudo e, à época, parecia-me elegante com seu terno claro, camisa de cambraia de linho, gravata de seda e um risinho míope. Saía do bar dizen-

---

[3] "Vejo-o, pequeno e distintíssimo, debruçado no balcão de um bar, conversando com quem aparecesse sobre mulheres, cavalos e a ópera em Covent Garden, mas sempre como se estivesse esperando alguém que a qualquer momento fosse irromper."

do que ia jantar e escutar música clássica. Um homem simples, certamente com pretensões literárias, dizia-se dele ser ótima pessoa. Digo isso porque *realism requires the following of trivial actions... the slowness and bad proportions of what have gone before; and the commentary emphasizes the fact that the characters were actors.*[4] Mas Thomas, em tudo o que fazia, e até nos seus livros, buscava, primeiro, fazer aparecer um sentimento que iluminasse as ideias. Criava, assim, um tom monocórdio envolvendo permanentemente sua vida e obra, uma neblina que o tornava narrador, personagem, leitor e narrativa. Esse sentimento podia ser um qualquer: o da nostalgia, o da exaltação, o do ceticismo. Mas era ele que orquestrava o afago propício. Nós lemos para reconhecer o que já sabemos, citava, levando-me, sem querer, até Nikolai Glebov: "on vit toujours sur le bonheur d'un autre"; ou, salvo engano, "on vit toujours par le bonheur d'un autre".[5]

---

[4] "O realismo requer o acompanhamento de ações triviais... a lentidão e o desacerto do que antes se passou; e o comentário dá ênfase ao fato de que as personagens eram atores."

[5] "Vive-se sempre da felicidade de um outro" [...] "vive-se sempre pela felicidade de um outro."

LITERATOS

"De la Tristesse"
Je suis des plus exempts de cette passion, et ne l'ayme ny l'estime, quoy que le monde ayt prins, comine à prix faict l'honorer de faveur particulière. Ils en habillent la sagesse, la vertue, la conscience: sot et monstrueux ornement. Les Italiens ont plus sortablement baptisé de son nom la malignité. Car c'est une qualité tousjours nuisible, tousjours folie, et, comme tousjours couarde et basse, les Stoïciens en defendent le sentiment à leurs sages.[6]

We take to novel our own ideas, of what the novel should be. Because we read, really, to find out what we already know.[7] Eu sabia que a vida não chegaria até a mim como uma gloriosa aventura; nem grandes rios nem grandes

---

[6] "'Da tristeza'
Eu sou dos menos sujeitos a esta paixão, e não a amo nem a estimo, embora toda gente tenha em grande conta honrá-la de seus favores especiais. Eles revestem-na de sabedoria, de virtude, de consciência: tolo e monstruoso ornamento. Mais apropriadamente, os italianos batizaram o mal com o seu nome, porque ela é uma qualidade sempre louca, prejudicial; e porque ela é também sempre baixa e covarde, os estoicos proibiam este sentimento a seus sábios."

[7] "Nós vemos no romance as nossas próprias ideias, o que o romance deveria ser. Porque lemos, realmente, para encontrar o que já sabemos."

mares, apesar da inveja, que me perseguia, dos que sabiam mover-se nesses espaços. Desde logo aprendi que eles não seriam afetados por minha ironia, nem mesmo pela certeza adquirida de que lhes faltava o sentimento da tragédia. Estariam sempre prestes, gênios da raça, alegres ou ferozmente empenhados em todo tipo de astúcia, espécie bem-sucedida de egocêntricos. Às vezes, punha-me à volta, atraído como somos por certos bêbados histriônicos. No fundo, eu sofria por estar, mais uma vez, perdendo tempo. E ali estavam assentadas as primeiras páginas do livro, com o ritmo e o tom da preguiça e da mentira, que embalam, recusando-se a irem embora.

Seguíamos, assim, eu e o Gordo, pela Primeira Avenida em Nova York. Nele, permanente, a tensão provocada pelo esforço de parecer respeitável. Exercício penoso, porque um mínimo gesto poderia denunciar esse propósito, comprometendo, naturalmente, o resultado perseguido. Tecia quase sempre generalizações suspeitas, óbvias ou aceitáveis, soando falso e familiar. Certa vez disse-me algo sobre a data do aparecimento da agricultura na civilização, e, logo adiante, depois de algumas piruetas, comentou: "Este é um século eminentemente político, meu caro, mesmo a raiva da política é eminentemente política". O que fazer com uma ideia dessas? Havia silêncios majestosos em tardes como as de então.

Eu queria escrever sobre política. Comparar, por exemplo, o enterro de Gustavo Corção com o do Alceu Amoroso Lima. Corção quase só, segundo uma fotografia do *Jornal do Brasil*; nenhum militar importante. Até meu pai estava no enterro de Tristão. Uma vez, no Recife, falou-se demoradamente sobre Jean Cristophen e o concerto para clarineta de Mozart. Alguém, ao lado, achava que aquilo era conversa de veado. A praça Maciel Pinheiro brilhava, reluzia, na sua pobreza habitual,

Cidade velha: em meio à Praça, a fonte
todo jardim cercado de gradis
Maciel Pinheiro, queres que te contes?
— nem mesmo em criança fui jamais feliz.

Às sextas-feiras, o meu pai, que era governador, recebia o povo todo em audiência pública, nos jardins do Palácio. Ele repartia os solicitantes por entre assessores e estudantes voluntários. Então, um amarelo sardento, calça e camisa de brim riscadinho, com um chapéu de massa suado, foi recebido por mim. Era sitiante, arrendatário do pedaço de terra de um engenho. O senhor queria expulsá-lo. Falou-me de uma roça, uma vaquinha e alguns porcos, mas sobretudo das fruteiras: a colheita, repetida ano a ano, das laranjas era a prova da sua permanência naquele lugar. O advogado das ligas, ou do sindicato, estava tentando fazer alguma coisa. Desde então, havia ameaças dos cabras do dono, e do delegado.

Acredito que comuniquei tudo a quem de direito. Mas as confusões da época, a sabotagem ou a inércia da polícia, talvez da minha memória, adiaram o caso. Em seguida, voltou, o mesmo amarelo dizendo: "Doutor, o homem derrubou a minha cerca e botou o gado na minha roça". Ele tinha um cheiro azedo batido e, com o chapéu na mão, via-se que o cabelo meio avermelhado estava emplastrado de suor.

Nada foi feito ou nada pôde ser feito. Pouco tempo depois, apareceu de novo: "Doutor, o homem cortou as minhas fruteiras". A expressão "doutor" era apenas deferência convencional para com outro mais importante, embora eu fosse mais jovem, até mesmo vagamente adolescente. A vergonha não me deixava olhar direito os seus olhos secos.

Revolta, orgulho, humilhação ou resignação pareciam não ter lugar. O seu relato ou atitude não eram medidos. Apenas no trincar do maxilar vislumbrava-se, como que dizer, uma teimosia respeitosa.

Depois disso, saí da cidade e do palácio: fui prestar vestibular. Voltei, aprovado. No fim da manhã de 31 de março de 1964, aparece-me o amarelo, ainda com o seu brim riscadinho, suor e chapéu. Entrou ali provavelmente por obra e graça da confusão reinante: "Doutor, o homem mandou destelhar a minha casa". Mais tarde, foi o que se viu. Esquecer, não há como.

A escolha entre "o literal e a literatura, nos será imposta, necessariamente, de maneira inexorável", costuma dizer Thomas. Até hoje, existem coisas que eu insisto em tomar literalmente, como os poemas "A cachorra", de Pedro Dantas, o Prudente de Moraes Neto, ou "O defunto", de Pedro Nava. Quando o meu pai sugeriu que "O enterrado vivo", de Vinicius, era algo alegórico, não gostei da ideia, preferindo a imagem dura e torpe de alguém que tivesse sido, realmente, enterrado vivo, por descuido ou maldade.

Leonardo Sciascia gostava de pensar que a sua vontade de ler vinha do desejo de saber onde e como haveria algo tão obscuro, trágico ou escroto quanto a sua Sicília. Naquele tempo, não havia.

E isso tudo era apenas um fiapo da história, quase um chiste, um risco brusco e aceso no escuro. Parte dela se inscreveu em outros golpes e brutalidades perdidos. O resto, ou a soma do que restava, nesse embalo que vai.

CORNFIELD, CORNFELD

Rien n'est plus si important à l'homme que son état; rien ne lui est si redoutable que l'eternité. Et ainsi, qu'il se trouve des hommes indifférents à la perte de leur être et au péril d'une eternité de miséres, cela n'est point naturel... C'est une chose monstrueuse de voir dans un même coeur et en même temps cette sensibilité pour les moindres choses et cette étrange insensibilité pour les plus grandes. C'est un enchantement incompréhensible, et un assoupissement surnaturel, qui marque une force toute puissante qui la cause.[8]

Glebov me havia alertado sobre o Gordo, mas eu interpretara esse aviso como mesquinharia provinciana. Glebov tinha implicâncias solenes deitadas em raízes complicadas, em todo caso impenetráveis para mim; minto, não de todo impenetráveis mas ligadas a preconceitos que eu pressentia conhecer, evitando não esmiuçá-los e detestando-os de todo coração.

---

[8] "Nada é mais importante para o homem que sua condição; nada lhe é tão ameaçador quanto a eternidade. Não é portanto natural que existam homens indiferentes à perda do seu ser e à mercê de uma eternidade de misérias... É monstruoso de se ver num mesmo coração, e ao mesmo tempo, esta sensibilidade para as coisas menores, e esta estranha insensibilidade para as maiores. É um encantamento incompreensível e um entorpecimento sobrenatural, que marcam essa força poderosa que a causa."

Isso tinha a ver com as comparações que fazíamos entre o Brasil e a Rússia, naquelas tardes de sábado no Ferdi's, parecendo bobagens recifenses. Tinham a sua graça, e ríamos muito. E foi nesses momentos que eu senti a inutilidade de discutir com o Gordo: a idiotice de querer ter razão dava-me um parentesco esquisito e nítido, entre a arrogância e a humilhação.

Aquela leseira meio bêbada ajudava conversas como aquela, e quando Jim Cornfield me ofereceu um gim-martini: "Steve, give Joe another one of whatever he is drinking",[9] eu fiquei moralmente obrigado a lhe pagar uma outra dose, e o terceiro dry-martini no meio da tarde comprometia-me o dia. Cálculo sórdido, conforme havia lido nas memórias de Roger Vailland.

Jim, nas tardes de sábado, telefonava compulsivamente para um bookmaker. No espelho, o seu nariz parecia com o de Glenn Ford, que aparecia no bar da televisão, e com o meu, virado à direita. Camisa cem por cento de algodão, a gravata curta e fina para quem tem barriga. Uma vez disse-me, contrariando o jargão de Nova York, que era israelita e não judeu. Quando lhe perguntei: "Mas, Cornfield?", disse-me: "It used to be Cornfeld".[10]

Na verdade era um charadista, como padrinho Pelício, Simplício Almino de Alencar, nos brindando, a mim e aos meus primos no terraço de tio Plínio e tia Laís, com a sua exímia qualidade, que *mais parecia uma cantiga de ninar*: "O meu primeiro é aquilo: uma; o meu segundo é isso: duas, e é um herói militar". Penso me lembrar que, em francês, poderia se dizer "et mon tout c'est un héros militaire".

---

[9] "Steve, dá para Joe outra dose do que ele está bebendo."

[10] "Já foi Cornfeld."

Combinava muito com a versão do seu casamento e a da história da sua vida, assentada no caderno de anotações de tia Noemi:

Casamento de Simplício com a sua prima Verana

Simplício nasceu na cidade de Araripe.

Êle viveu muito tempo em companhia de um tio padre que era vigário de Araripe.

Êle aproveitou muito com a convivência do seu tio padre.

Um dia resolveu ir a Picos conhecer uns parentes que moravam lá. Êle conheceu a sua prima que tinha o nome de Verana sendo os seus pais abastados e tinha prestígio na cidade e na sociedade. Logo que se conheceram começaram o seu romance.

Passaram uns meses no noivado e casaram-se.

Passaram a lua de mel mesmo na cidade de Picos.

Depois de alguns dias marcaram a volta para o Araripe onde era a sua terra.

Nesta época tinha uma coisa muito engraçada.

No dia que era marcado para a chegada dos noivos a família convidava os parentes e amigos fora da rua todos a cavalo.

A chegada em Araripe foi muito concorrida, o cortejo foi grande.

Passaram alguns meses em casa da sua mãe enquanto acabava de preparar a casa da fazenda. Esta fazenda tinha o nome de Espírito Santo. Esta casa foi construída em um alto onde se podia apreciar a passagem de um riacho que passava na baixa indo terminar em um açude.

A paisagem verde dava muita graça. Todas as manhãs madrinha Verana e seu marido sentavam em um banco que tinha no alpendre viham a passagem das garças sobrevoando sobre as águas do riacho. Com isso o casal levava a vida se distraindo, ele e ela apreciando a natureza.

Simplício gostava muito de ler e ela também lia os seus romances nas horas vagas.

Os livros que ele preferia era Eça de Queiroz e outros da época.

Madrinha Verana conservou a sua vaidade de moça rica mesmo morando na fazenda. A sua mesa era muito farta com toalhas de linho bordadas. Servia em porcelana.

O enxoval que ela trouxe era muito rico.

Sempre ia passar as festas de Santo Antônio em Araripe.

Sempre que sahia usava as suas joias compradas na Europa. Mesmo assim demonstrava ser uma mulher humilde de espírito e resignação. Haja visto que os últimos dias da sua vida foram passados na cegueira.

Nunca desesperou, com sua bondade é digna de se admirar a vida que ela viveu.

Simplício ainda está vivo com seus 80 e tantos anos ou mesmo os 90. Não tiveram filhos.

Houve, também, a bexiga que marcou o rosto de Simplício para o resto da vida, uma fieira de sobrinhos mortos de tifo, quase sempre os mais inteligentes; um outro que virou vaqueiro e acabou vigia de fábrica, era desprezado pelos filhos, foi o que me contaram.

Nessa melopeia ideal, de uma velha tia, havia algo de muito vivo e não existente, soando no Ferdi's qual uma paródia ali composta por mim:

O mundo e o vasto mundo
são fura-bolo, cata-piolho.
Cadê o meu mundinho daqui?
O rato comeu.
O rato comeu.

que o nosso amigo Glebov, dentro da sua maviosa mitomania, diria Simplício, identificou a uma cantiga de ninar russa.

Contudo, de um lado e do outro da Serra do Araripe, entre o sertão e o verde vale, o mundo havia chegado somente através do temor a Deus, ou da sua falta de proteção, ou de alguém que por orgulho e ignorância nele não acreditasse. Tudo isso deixou rastro, de encanto e de dor: *Tout ce que tu gardes en toi de connaissances "distinctes" restera distinct de toi jusqu'à la consommation des siècles. Pourquoi y attaches--tu tant de prix?*[11]

---

[11] "Tudo que você guarda de conhecimentos 'distintos' continuará distinto de você até a consumação dos séculos. Por que dar tanta importância a estas coisas?"

CARIRI, CARIRIS

"Le monde est rempli de faux témoins."[12] *Frase de Louis Aragon, escritor brilhante e comunista, amigo de juventude de Drieu de la Rochelle, escritor fascista, mais inteligente e menos brilhante, que suicidou-se quando o exército alemão foi enxotado da França. Aragon era casado com Elsa Triolet, escritora mediana, mas apresentável, irmã de Lili Brik, amante de Maiakóvski e mulher de Óssip Brik. Os dois, marido e amante, meteram-se na política do sindicato de escritores da União Soviética, no começo do regime revolucionário. Foram, como mandava a época, arrogantes com muitos dos seus colegas, alguns mais talentosos do que eles, mas não necessariamente por essa razão. Aragon devia saber do que estava falando. Maiakóvski também se suicidou.*

Um amor em que a gente se apega é uma paisagem infantil, insana. No canto de outra praça do Crato, porque ali existiam pelo menos quatro, havia uma sorveteria onde pessoas que respondiam pelo nome de Zé Alencar, Ernani, doutor Macário e seu Mozart (talvez sem t) tomavam cerveja. Bem perto, quase ao lado, na mesma rua da casa da minha bisavó, ficava o café de Isabel. Por causa de tio Plínio, penso

---

[12] "O mundo está cheio de falsas testemunhas."

que era um local pessedista, partido minoritário na cidade, embora os adversários estivessem sempre presentes, recebidos com os gracejos de praxe. O PSD tinha um candidato perene, soergo, digno e sempre derrotado, Pedro Felício, dono do Banco Caixeiral. Comia-se, em Isabel, um doce de leite excelente.

Difícil falar, afinal, *uma chuva é íntima* e eu ainda sinto a fúria e o desespero dessa trama, muito depois, como uma desordem infinda. *Tenho 45 na cabeça* e *as dores individuais ainda existem.* Voltando a explicar: para se entender o Crato, diziam alguns daqueles acima citados, ou eu mesmo nas minhas mesmíssimas observações, devia-se saber que estava situado, como em um manual de geografia, num vale cheio de nascentes, cercado pelo sertão. Na praça, a quem chegava perguntava-se pela chuva em outros lugares: Exu, Araripina ou Sertânia, e mais. Estavam em jogo o milho, o feijão e o algodão, enquanto esperávamos sentados, como muitos outros. Isso tudo, a depender de cada inteligência, vai-se aprendendo aos poucos. Eu mesmo, só vim descobrir que existia seriguela fora do Crato anos depois.

Era também de importância a questão religiosa. Do lado da praça da Sé, uma igreja ibérica, representada pelo padre Rocha, sempre com uma batina suja, barba por fazer e uma ironiazinha representada pela sua coluna intitulada "Alfinetadas", publicada no semanário da diocese de nome ainda cheirando a integralismo: *A Ação*. De outro lado, a matriz de São Vicente, com seus padres alemães, rosados, gordos, tolerantes, de bom humor e hábitos claros. Havia também os maçons, mas estes o meu primo Ciano tinha-nos explicado que costumavam arrepender-se antes de morrer, contando na extrema-unção os segredos da maçonaria. Também por isso cultivávamos uma inveja do padre Frederico, vigário da matriz de São Vicente, que tomava cerveja e fumava cigarro Asas.

Daí, *o mal se afina, o bem se dana* e o comunismo chegou na cidade. Foi então que Valdério começou a se perder.

TRAÇOS

Para mim é muito mais importante saber onde você está do que aonde espera chegar um dia, pois com a constituição da sua vida é certo que você, mais do que qualquer outro, sempre acabará num lugar diferente daquele ao qual quis chegar.

Sete dias depois de ter sofrido um atentado e levado três tiros de revólver, o ex-dirigente do MR-8 Valdério Alexandre Araripe, de 36 anos, morreu sábado passado em um hospital particular de Salvador. Sua morte e o atentado, porém, só foram divulgados ontem porque a família não queria que retornasse ao noticiário seu passado de militância política. Valdério Alexandre foi um dos militantes que participou em 1969 do sequestro do embaixador norte-americano no Brasil Charles Elbrick.

O ex-dirigente foi baleado no dia 30 de maio por dois desconhecidos, ao descer de um ônibus em frente a uma farmácia no bairro de Vitória. Os homens estavam a pé e, depois de atirarem, fugiram correndo. Inicialmente a família ainda acreditava em sua recuperação e nada divulgou para preservar Valdério Alexandre, que tinha conseguido um emprego no Museu de Ciência e Tecnologia da Bahia.

Depois da morte, a mãe de Valdério Alexandre, Maria da Paz Brasil, procurou a advogada Romilda Nobre, que assistiu o ex-militante quando retornou ao Brasil, em 1980. Maria da Paz e a advogada acreditam que o atentado seja político, mas a polícia também está investigando a possibilidade de um crime comum. Romilda Nobre acha estranho que o assassinato tenha ocorrido menos de um mês depois de Valdério Alexandre ter voltado do Rio, onde passou as primeiras férias do emprego. Quando retornou, ele contou à irmã que tinha encontrado muitos amigos mas não explicou quem eram. Segundo Romilda, ele estava afastado do MR-8 desde o exílio e, por isso, os ex-companheiros ficaram "muito irritados".

Valdério Alexandre não foi preso depois do sequestro e passou um ano escondido no Brasil antes de fugir para a Argélia e o Chile. Viveu alguns anos na França, onde morou sozinho, perambulava pelas ruas e chegou a ser internado para tratar de distúrbios nervosos.

Pelos tipos impressos e formato, parecia notícia publicada no *Estado de S. Paulo*. Não havia indicação do dia e mês da notícia. O ano era 1983, verão de Nova York. Junto, um bilhete enviado do Recife, dizia: "Isto pode lhe interessar". Seguia-se um Z, imitando Z de Zorro, a título de assinatura. Quatro anos depois da anistia, Thomas mantinha-se insistente no mistério e no anonimato. E aqui, *trébuchant sur les mots comme sur les pavés*,[13] o poeta Baudelaire ouviu de um garçom: "qual o cliente que não gosta de choro?". Mas, o que é grande me ameaça, o que é pequeno me assusta e o resto não me basta. A confiança é a ausência de dúvida, a confiança é a prova da incerteza.

---

[13] "Tropicando nas palavras como se fossem paralelepípedos."

Voltamos a ser sentenciosos. Quem não há de? No Ferdi's, russos e recifenses. Valia ver o que valia aquele passado? Pois sim,

O remédio será seguir o imundo
Caminho, onde dos mais vejo as pisadas.

ADOLFO

Notre hôte, qui avait causé avec un domestique napolitain qui servait cet étranger sans savoir son nom, me dit qu'il ne voyageait point par curiosité, car il ne visitait ni les ruines, ni les sites, ni les monuments, ni les hommes. Il lisait beaucoup, mais jamais d'une manière suivie; il se promenait le soir, toujours seul, et souvent il passait des journées entières assis, immobile, la tête appuyée sur les deux mains.[14]

Il y a l'amour, Bardamu. — Arthur, l'amour c'est l'infini mis à la portée des caniches et j'ai ma dignité moi! que je lui réponds.[15]

Assim foi como me descreveram o lundu do velho Monte, parente e fazendeiro. Da porteira, via-se a figura cabisbai-

---

[14] "Nosso hospedeiro, que tinha conversado com um empregado napolitano, que servira o estrangeiro mas não sabia seu nome, me disse que ele não viajava nem por prazer nem por curiosidade, e não visitava ruínas, nem paisagens, nem monumentos nem pessoas. Lia muito, mas nunca por muito tempo; passeava sempre só, à noite, e frequentemente passava os dias inteiros sentado, imóvel, a cabeça entre as mãos."

[15] "Existe o amor, Bardamu. — Artur, o amor é o infinito ao alcance de qualquer cachorrinho e, eu, tenho minha dignidade! foi o que lhe respondi."

xa com a mão no queixo, sentada no banco da varanda. Perguntar o como ou o porquê não cabia. Quem vinha a negócio, virava o cavalo procurando um depois. Paciência, carinho, desvelo, despeito ou mágoa batiam naquela pedra em que o velho se encantara, com a esperança acenando, num átimo.

"Me vê um copo d'água", estávamos ali, a sós, e a minha língua fluiu, como os sóis dos gerúndios e dos advérbios da minha, da nossa língua materna, quando ela me disse isto. As papoulas, infantis, também estavam presentes. Tínhamos pouco, de pouco sabíamos, e o pouco fora herdado, já lá estava, como uma velha trepadeira, no oitão da casa. Ver, querer e receber é a mesma coisa? Nem "O corvo", na tradução do Machado, plantado como o velho Monte num passado que eu mal conheço, diria isso de pronto, inelutável e acabado dogma: *A forma mais absoluta de propriedade conhecida pelo homem é a destruição, porque o que nós destruímos é seguramente e para sempre nosso.*

Remoíam-me, desde já, os desejos de distância e de dissimulação que, quase sempre, envolvem o gesto sedutor, mágoa e apelo, tão presentes nas confidências de um amigo, poeta também do Recife, assim anotadas por mim: "A primeira (e a segunda) mulher ignoravam a palavra guenzo. Doía-lhe, no olhar aceso, essa palavra carente de sentido, miúda e enfezada, que porventura não as havia alcançado".

A ESMO

> [...] *e no dia em que a escravidão foi abolida, senti distintamente que um dos mais absolutos desinteresses de que o coração se tenha mostrado capaz não encontraria mais as condições que o tornaram possível.*

A vida prolongada no exterior dera-nos uma ilusão de cosmopolitismo. Países, épocas traziam apenas o que já havíamos encontrado nos livros, produto da memória dos outros; e nem a fantasia dos solitários, como éramos, tornava reconhecível o que víamos. Quando viajávamos, tangidos pelas nossas existências precárias ou por simples mimetismo turístico, nos hospedávamos nas casas dos outros; e desses encontros esparsos formava-se um passado incompleto, muitas vezes comemorado com entusiasmo e melancolia indevidos.

Melancolia era o nome aceso que se dá às horas turvas. É possível ficar horas dessa maneira, imerso num torpor que termina, bruscamente, em espasmos. E assistir, com um nó na garganta, subir lágrimas aos olhos, o corpo frouxo, exaurido, até que uma imagem venha deflagrar um estertor, e logo o cansaço e assim por diante.

Lá fora, a primavera era a repetição tropical de outras primaveras: o ar da cidade estalava, cantava na pele do rosto, os cabelos do braço arrepiando-se. Delícias de manhãs vazias quando a alegria era vaga e dispersa. Eu queria, primeiro, retomar a certeza e o costume que me davam as palavras e as analogias sucessivas, buscando no olhar do outro o momento em que a combinação do gesto e da imagem provocassem a simpatia, depois o entendimento e, finalmente, o apelo para que eu recomeçasse.

"Eu agora quero gostar de mim mesma." O fastio, o senso de improviso, o despeito e o deboche acenderam a réplica, que nunca houve: "E além disso o que você sabe fazer?". Falou com o polegar apontado para o peito e um balançar de cabeça enfático, essa banalidade nascida de seções, pontuadas de hum-hum, com alguns dos mil e tantos psicanalistas da praça. Dali eu ouvia os silogismos incompletos: "Se você não gosta de si mesma, autodestrutiva, como poderá gostar de outro? Ou como alguém poderá gostar de você?".

O certo é que essa ideia pousou naquela flor da tarde como expressão final da busca da verdade, uma maneira de me detestar. Quando repetia a sua frase aparecia melhor o vinco, já conhecido, entre o nariz e as bochechas, e nos cabelos das têmporas, marcas de uma tintura feita em salão de boa qualidade. Encolhi a barriga e botei a mão na cabeça procurando esconder a careca acentuada pelo cabelo também recém-cortado. Um nó no estômago, desses que anunciam acontecimentos temíveis, com data e prazo marcados: exame final, viagem de avião. A queda findava, o chão era próximo. Alguma coisa de definitivo estava se passando. Passou.

SERVIDÃO

Passagem, para uso do público, por um terreno que é particular.

Incomodou-me, e muito, o rosto amarelado daquela morta, igualzinho como eu o havia imaginado antes de, finalmente, passar no São João Batista para vê-la. Velá-la. "Velórios também passam", era o fecho de um poema de Florival, publicado no Crato, há muitos anos.

Naquele meado de agosto, cedo pela manhã, o Rio era uma louça fresca e azul. Real Grandeza. Por mais que por aqui ande nunca vou saber enunciar os nomes e a ordem dessas ruas com a naturalidade devida: "Na esquina da D. Mariana"... "Antes da Sorocaba". Rua Real Grandeza, ao sair do São João Batista...

Recife, Ponte Buarque de Macedo.
Eu, indo em direção à Casa do Agra,
Assombrado com a minha sombra magra,
Pensava no destino, e tinha medo!

No entanto, a morte, no presente do indicativo, tornava-me, como de hábito, distante, os sentidos voltados para a gente em volta, a alma selada numa incompreensível soberba. Ainda não havia o passado e o meu forte era a memória.

Por enquanto, atinha-me a ser "guia de cego de mim mesmo", na expressão de Valdério.

Encontrara-o, há algum tempo atrás, pouco antes da sua volta definitiva para Salvador, bem aqui perto, ao lado do Instituto Benjamin Constant, na avenida Pasteur. Viera espiar uma partida de futebol entre os cegos. Explicou-me que eles corriam atrás de uma bola envolta em guizos, para que pudessem segui-la, tangidos pelos sons e a fúria do jogo. Usava "espiar" como assistir, à maneira de muitos do interior do Nordeste. E, de pronto, as confusões de ortografia — espiar, expiar —, adquiridas na longa estada fora do país e que estragaram a minha vontade de escrever. Soava como um gracejo analítico, a graça da expiação.

Valdério rira um pouquinho da imagem. Quase não conversamos. É mais ou menos desse dia que eu dato o meu progressivo ensimesmamento. "Velórios também passam." Passara-me também o torpor que me impedia de falar sobre outros tempos. Como se um antes, e um depois, se tivessem definido, podendo eu vir a falar, ainda que embrulhado na ilusão de tarefas, sobre as coisas de antes *porque as cousas seguintes não foram tratadas com tanto trabalho e fortaleza como as passadas, porque as depois de este ano em diante sempre os feitos daquelas partes se trataram mais por tratos e avenças de mercadorias do que por fortaleza ou trabalho de armas.*

O INQUILINO

Eu tinha consciência vigilante dos meus quarenta anos. Sabia-os minuto por minuto. Em casa, para os filhos, eu tinha quarenta anos desde os tempos imemoriais. Estava impregnada dela até o incômodo. Qual era então o motivo daquele espanto diante da vitrine? Não procurava a mágoa pela idade mas a razão de não ser ela uma coisa de meu íntimo, de não ter pegado, de não convencer...

Ia descendo uma rua do bairro pensando num negócio do dia, aparelho de rádio ou documento de polícia. Não me lembro bem, mas era um assunto bem instalado no dia e nos meus quarenta anos. E de uma casa clara, com um jardim na frente, abriu-se uma janela e do alto veio uma voz moça:

— Carlos, vem para dentro, olha o mormaço!

Havia no ar morno qualquer concordância sutil que me enchia o peito. Na minha meninice uma janela também se abrira, na rua Conde de Bonfim, com aquele ruído, e do alto viera uma voz assim de mãe moça.

— Meninos, olhem o mormaço!

A infância persiste dentro de nós, e assusta e fere e dói, quando vemos num reflexo de vitrine um senhor de meia-idade, adulto encurvado e vestido de cinzento. Temos ímpeto de perguntar por aquele menino da rua Conde de Bonfim. Era um bom menino. Gordo, corado, tinha pernas rechonchudas. Essas pernas travavam seu andar e prejudicavam um pouco sua dignidade.

"Doutor, amanhã, eu vou não vim." Depois que eu comprei esse espelho e esse telefone, a vida progride a olhos vistos e essas cerimônias de instalação no Brasil começam a fazer o seu efeito. O tratamento joga-me, de chofre, na idade adulta e na minha terra. A filosofar, como o João da Ega: — *Queres saber o que penso de Kant? Aí tens: é uma besta.* Gosto muito de dizer pelo telefone: "É só tomar um banho e sair". Eu também vou não vim. "Vou chegando", como se diz findando uma visita. Findar, fundar. Voltei para ser chamado de doutor.

"Meu nome é Olímpio, seu nome não é Gentil? Nós fomos soldados da Companhia da Guarda." E o outro abanava a cabeça, mexendo o cafezinho. "Tás ruim, heim, irmão? Tem gente que não se cuida."

As ruas não têm, por aqui, o anonimato de certos arrabaldes que existiam no Recife, espraiando-se em mangues e pobres várzeas. Agora é a língua que me acomoda, essa língua pé-de-chinelo, tão inexata e de sentido imediato. Dessas paisagens não sairá literatura. Essa cidade incomoda.

Em outras ocasiões, há muito tempo, deixava-me lesar em torno da rue de St. George ou descendo a Notre Dame de la Lorette, na direção da rue des Martyrs. No apartamento onde morava de favor, recebi Valdério e dois dos seus companheiros, também transformados em meus hóspedes. Estavam de passagem por conta de alguma missão partidária. Tratávamo-nos segundo os ritos de praxe: eu, procurando ser discreto e prestativo; eles, afetuosos e condescendentes.

O frescor do dinheiro novo no bolso, os tabuleiros de frutas e verduras, o sol nos copos compridos, esverdeados, em que servia-se o vinho da Alsácia e a réstia de luz sobre os livros usados de um buquinista eram graças facetadas, livres para quem de direito fosse ali nascido, ou expostas às fanfarronadas de narradores visitantes. Na mão, eu levava uma versão de bolso do *Gilles*, de Drieu de la Rochelle, achada entre outros livros usados.

Durante a Primeira Guerra, Gilles flanara ali por perto, na sua curta licença militar, depois de ter comprado um terno, uma camisa de seda e uma gravata, no boulevard des Capucines. Roupa nova, dinheiro e bulevares trazem assim domesticadas a intrépida simplicidade dos romances de aventura, a sensualidade vislumbrada, a audácia de planos. É nesse remoer dos escritores, tão vivo como as camisas do Gatsby, que as tramas infantis se alojam e as sombras de outras coisas nos acenam e entretêm.

Eu chegara àquele livro levado por um comentário sobre o suicídio de Drieu, um gesto de orgulho do escritor colaboracionista que não queria ser julgado por seus pares, reais ou autoproclamados resistentes. O personagem de Aragon perseguia-o: tinham sido camaradas de juventude.

Naquela época Ramón Mercader, o assassino de Trótski, saía da cadeia: uma pequena nota do *Le Monde* falava do seu silêncio e do seu discreto recolhimento na Tchecoslováquia. Quando eu comentei o fato com os meus colegas de apartamento, um deles perguntou sobre o assassinato de Trótski e o papel de Stálin: "Essa história foi mesmo confirmada?". No calendário brasileiro estávamos logo depois do AI-5, por volta de 1969. Talvez já se murmurasse algo sobre o cabo Anselmo. O sargento O. ainda não havia organizado o esquema de entrada para o Brasil através do Chile.

Marighella e Lamarca seguiam vivos. Mais tarde, em 1983 ou 84, Mercader morreria em Cuba e seu irmão mais moço daria entrada, na embaixada da Espanha em Moscou, a um pedido de passaporte e nacionalidade espanhola, também segundo o *Le Monde*, depois de mais de quarenta anos na União Soviética. Valdério informara-me que deveria ser tratado por um codinome: Zé do Vale.

And one day he had asked:
— What is your name?
Stephen had answered: Stephen Dedalus.
Then Nasty Roche had said:

— *What kind of a name is that?*

And when Stephen had not been able to answer Nasty Roche had asked:

— *What is your father?*

— *A gentleman.*

Then Nasty Roche had asked:

— *Is he a magistrate?*[16]

---

[16] "E um dia ele perguntou:

— Como é seu nome?

Stephen respondeu:

— Stephen Dedalus.

Então Nasty Roche disse:

— Que raio de nome é esse?

E quando Stephen não foi capaz de responder Nasty Roche perguntou:

— Quem é o seu pai?

— Um gentleman.

Então Nasty Roche perguntou:

— Ele é juiz?"

BAIRRO VERMELHO

Yo, a caballo, por su sombra
busqué mi pueblo y mi casa,
Entré en el patio que un dia,
fuera una fuente con agua.
Aunque no estaba la fuente
la fuente siempre sonaba.
Y el agua que no corria
volvió para darme agua.

O braço que se lembrou do meu braço tinha uma
mão branca e fina. Jamais esquecerei: uma mão
branca e fina.

Valdério era filho de Valter e Da Paz, eles mesmos primos entre si, os dois sendo Alencar de nomes diferentes. Valter era Gonsalves, por parte de mãe, um ramo Alencar das bandas do Assaré. Por parte de pai, Silva puro, ou "tão somente", como maldava seu Teófilo da farmácia. Da Paz, Maria da Paz Brasil de Alencar Araripe, sendo o Brasil de uma mãe baiana, e o Alencar Araripe redundância adotada pela família paterna, já que Araripe é patronímico escolhido pelos Alencar do Sul do Ceará, assim como Jaguaribe pelos do Norte.

Desde o começo dos anos 1940, Valter e Maria da Paz haviam posto no mundo Valter, Valquíria, Valdério e Valnice, quatro vês iguais a tantos outros pês e zês. Seguiam essa tradição de nomear a solto e a gosto, comum a muitos negros americanos, própria também aos russos, que lá têm os seus Ulisses e Tancredos, Jaurès (Zhores) e Marmeladofs. Há muita coisa para ser dita sobre uma existência desse tipo ou das profissões exercidas por Valter, que mourejava entre as poucas atividades não manuais. Proprietário e motorista de caminhão por ali era sinônimo de pequeno empresário trazendo algodão do Piauí, contrabandeando farinha para Pernambuco, levando rapadura um pouco por toda parte.

Maria da Paz enviuvou cedo. Suas visitas à casa da minha avó eram seguidas do comentário "louca pelo marido". Na verdade, toda vez que ela dizia "o meu marido", era como se falasse consigo mesma. Revelando intimidade, baixava os olhos. Os filhos puxaram ao pai, no riso largo de dentes bons, no hábito, comum também a outros homens, de portar um trancelim de ouro com a camisa aberta, a primeira letra do nome próprio transformando-se em aliteração concretista. Como o pai e a mãe, eram caboclos de pele clara, olhos de mel e cabelos bons.

Quando o sol estava a pino, no Bairro Vermelho, as casas descascadas casavam com a pele do povo, ruças e secas, pretas e cinzas. Fechadas as janelas, fechadas as portas, o cal branco, roseado, azul, laranja fosco das casas, nos fazia companhia pelas ruas vazias. Um calor do cão, e os fícus-benjamins, coitadinhos, tão acanhados. O sol rachava a cidade. Um gosto azedado. Azinhavre era a palavra que vinha à boca. Rondavam-se os lugares frequentados pelas possíveis namoradas. Melânia já despontara, ou fui eu que comecei a imaginá-la, ao mesmo tempo em que aprimorava os meus conhecimentos sobre as pessoas e o mundo estrangeiro.

Foi Melânia, a *vaporosa figura feminina, que me deixou impressionadíssimo com seu decote, seus véus cor-de-rosa e suas joias cintilantes, a Naomi, filha do judeu maltês*

J. Clemente Levy, exportador de gêneros do país, em cuja casa comercial o noivo era empregado. Naquele tempo, naturalmente ainda não podia saber o que era em verdade um judeu. Tinha Melânia *braços de travesseiros, olhos de gata ruiva, reluzentes como um pendão de latão areado, faces carnosas como um caju de mimo.* Era já bom demais para o Crato, não fosse ela também filha de um ourives: Seu Teopista Abath. E através desse nome, tão consoante com a seminasal do nome da sua filha, eu adquiri, para sempre, uma imensa ternura por ocupações singulares e por aparências brilhantes.

Assim, crescemos, eu e Valdério, mais ou menos da mesma idade, mais ou menos próximos um do outro. Fomos nos ajustando aos nossos respectivos defeitos e temperamentos diversos, embora contrariasse os meus sentimentos de dignidade e conveniência aquela sua mania, inspirada nas leituras do *Crime do padre Amaro,* da *Ceia dos cardeais* ou de Augusto dos Anjos, de se mostrar sentimental e filósofo materialista ao mesmo tempo, quando das muitas vezes que bebia.

Ali, quando as vidas se construíam, aparecia talvez um negócio em cada dez anos, sumindo ao sabor de uma promissória precipitada, do mercado ora ralo, ora longínquo, sempre fugaz. Partiam-se as famílias entre os pobres espólios, guardavam-se as mágoas por muito tempo, fazia-se concurso para o Banco do Brasil. Foi assim com o motor da luz.

O HOMEM QUE TINHA NOME DE CACHORRO

Tudo triste, como uma saída de matinê quando anoitece, e fomos nos dispersando, todos, de mansinho, como a querer escapar do jugo fino da morte. Tínhamos querido ver morta, a morta. Real Grandeza, como dizia. O dia lá fora era vulgar com o seu sopro quente, melado das padarias, os sórdidos botequins.

Do oco do mundo ele vinha, para Botafogo, pela rua da Passagem. O andar cambaio e um cão amarelo valeram-lhe o nome dado pela rua.

O seu nome era um dente, como aquele rio havia sido um cão. Tenro como um dente. Informe, incisivo como um dente, luzia o seu caneco de lata no amurado da rua, entre a lâmpada amarela e o amuo do cão. *Putain de ville*, a Cachorra. Um dente seco, o seu nome, fervia por dentro, silvava com os esses dos silva e dos sacha, entre os dentes, Sandór. No peito escavado, o apurado do dia, judeu maltês aguenta cachaça. Perdeste o prumo e apanhas-te, vaca velha? *Eu briguei, vaca velha. Vitorino Carneiro da Cunha Papa-Rabo não apanha.*

— Monsieur, je ne suis pas juif.
— Je le sais, mon vieux.[17]

---

[17] "— O senhor sabe, eu não sou judeu."
"— Eu sei, meu caro."

Eu sei lá preto, velho húngaro e bêbado. Perdeste o fio, Alexandre que a sua mãe chamava Sandór, brasileiro carteira 19, o apurado, cana 51. Adernando Totó? Cata-papel, meu Deus, como se por acaso o incerto pudesse ser evitado. Nada mais falso. Falso, como um dente.

Na rue des Francs-Bourgeois, quase na esquina da place des Vosges, eu entrei no único café que se encontrava aberto por perto da minha casa, em uma tarde de agosto de 1971. O calor, poucas vezes relembrado, acentuava-se pela inadequação das minhas calças de veludo e camisa de lã. Valdério passou por mim sem me dirigir a palavra, foi ao banheiro. Estava ainda mais magro, o rosto vincado. Na mão trazia um impermeável sujo e um saco de plástico. Era a segunda vez que o via desde que chegara de Cuba. Sabia que há alguns meses perambulava em torno da rue des Archives e da place des Vosges. Ao sair, evitou-me novamente. Da rua, virou-se para mim, sorrindo: "Lembranças à família". O garçom olhou-me curioso, comentou com o outro: "Tiens, l'voilà de nouveau, celui-là. Ça faisait un moment qu'on l'avait pas vu".[18] O trancelim reluzia, por cima do *col roulé* desbotado.

---

[18] "Olha quem está aí. Faz tempo que não aparecia."

MINHA GENTE

E é graças aos encontros inesperados dos velhos amigos que eu fico reconhecendo que o mundo é pequeno e, como sala de espera, ótimo, facílimo de se aturar.

O embaixador de Cuba sequer olhou para o garçom: de costas, com um movimento preciso, apanhou o copo de uísque da bandeja, e continuou a conversa com o Gordo. As mãos finas e bem tratadas, a camisa de cambraia de linho e a gravata francesa eram como rendas saídas de um réveillon recifense. O gesto de se servir, a mistura de naturalidade e indiferença com que ignorava o empregado, colocava-o bem longe da palha da cana, um encanto do dinheiro e do açúcar.

Ao seu lado, pusera-se o secretário da embaixada: costeleta, bigode, topete e a *guayabera* verde-garrafa. E mais: um riso astuto e o silêncio observador, de quando em vez cortado por observações sempre a propósito, parte de uma lógica própria aos que, como eu e os meus, navegavam naquelas águas. Entre ele e o embaixador havia uma espécie de divisão de trabalho, sendo este último muito bem falante, esbanjando simpatia, habituado a cometer indiscrições menores com que procurava cativar os aliados, sempre carentes de uma cumplicidade que os distinguissem.

O secretário mantinha-se prudente. Sistematicamente, qualificava cada afirmação, colocando-as na sua devida "perspectiva histórica". Sentia-se o estilo do profissional inteligente, do homem cioso da ortodoxia partidária, que conhece e maneja bem as suas verdades. E, se traje e cabelo eram um legado de classe, sabendo a guichê de banco ou dos correios, o estilo e a segurança com que falava apontavam a sua verdadeira posição na hierarquia partidária: o secretário, não era bem assim, tão secretário.

Enquanto ouvia a conversa, o Gordo devia estar ruminando suas preocupações e maquinações. O trabalho na Organização das Nações Unidas estimulava os temperamentos ansiosos dos naturalmente aflitos por grandezas.

Seus esforços eram tão sofridos quanto dispersos entre as veleidades intelectuais de praxe, as tramas que tecia ou de que participava dentro da organização e um vago, porém ativo, interesse pela política brasileira. Como muitos, havia perseguido uma tese de doutorado, eternamente adiada, uma ambição científica alimentada por punhados de conhecimento, pescados, vez por outra, em compêndios de filosofia. Dentro da burocracia envolvera-se numa disputa com um economista africano, formado em Cambridge e ex-embaixador, por uma posição de Secretário-Geral Assistente. A vida, suportava-a entre as longas viagens de trem para casa, no subúrbio distante de Nova York, para o trabalho e o uísque rápido no bar da ONU, à busca de contatos com diplomatas do Terceiro Mundo. Esquerdista e latino-americano, valia-se do apoio dos cubanos, e, através deles, dos soviéticos. Agora, com a anistia, a passagem de um ex-colega do Itamaraty deixara-o confuso e bastante excitado com a possibilidade de reaver uma influência que desfrutara, há muito tempo, no Brasil. Revia-se, mandando e palpitando, como "na época do San Thiago Dantas".

O secretário Olivares deu-me notícias do Raulito, "que me habló mucho de tu família" e "que todavia se encontraba en Cuba". Raulito era o apelido que arrumara por lá o tal que me fizera a pergunta sobre Trótski, na rue d'Aumale. Havia escrito uns documentos cheios de citações de Gramsci, publicados em boletins de exilados. E o Olivares, talvez porque *tomado daquele invencível desejo de conhecer a vida alheia, que é muita vez toda a necessidade humana*, perguntava-me sobre "un chico, un compañero de tipo índio, muy amigo de Raulito", "me parece que se quedó enfermo, por supuesto con problemas psicológicos".

Na praça central de Sófia, o monumento a Dimitrov exibia o corpo embalsamado de Dimitrov. Passamos ao largo, eu e Valdério, que, vindo de Cuba através de Praga, fora bater na Bulgária. Soube que eu iria a Viena, por conta do trabalho da ONU. Combinamos nos ver.

Por aquele dia de outubro, flava manhã de sol e alta alegria azul de céu aberto. Na sacada da embaixada da União Soviética, acima das nossas cabeças, tremulava a bandeira vermelha. Uma dessas idiossincrasias da política internacional fizera com que, mesmo durante o regime fascista e a ocupação alemã, a Bulgária nunca rompesse com os soviéticos: a bandeira não arredara da praça. Era o que nos explicava Svoboda Lubenova, filha de um comunista fuzilado pelos alemães.

Naquele dia, ela nos falou também do disco voador: "Un OVNI, un UFO", dizia, utilizando a fórmula das iniciais de "objeto voador não identificado" em francês e em inglês, para não deixar dúvidas do que estava tratando de descrever.

Há alguns meses, Svoboda vira um objeto azul triangular que volteava serelepe na tarde de Sófia. Estava ali, não poderia haver a menor dúvida. Talvez dúvidas nunca mais viessem a existir. Seriam enxotadas do coração dos homens como as mentiras oficiais. Svoboda Lubenova sabia que a indignação é uma virtude penosa: entedia os amigos, dissolvia-se nas longas discussões em que os sofrimentos humanos são hierarquizados. "Meninos, eu vi", ela dizia, com um sorriso claríssimo e a satisfação de quem obteve fé e experiência, mutuamente confirmadas. Repetia, sem saber, o verso de um poeta brasileiro do século XIX. Fazia-me sorrir, deixava-me feliz.

O MOTOR DA LUZ

Madrinha Lia era muito trabalhadora e gostava muito de estar no seu pomar se distraindo com as plantas.
Madrinha Lia era muito católica.
Depois de vários anos ela começou a sentir uma dor forte em seu braço. Tratou-se com os médicos do Crato, mas nesta época ainda não tinha aparelho de raio X na cidade.
Foi preciso ir à Bahia.
Depois que tiraram a radiografia foi constatado que era um câncer e precisava cortar um braço.
Ela edificou a todos que estavam presentes com a sua resistência de quem tem fé... Quem conviveu com ela não notava que lhe faltasse o braço. Viveu sempre alegre. Ela morreu resignada com a sua fé viva igual à dos Santos. Pode-se dizer que ela era uma santa.
Eu quisera saber mais alguma coisa sobre madrinha Lia para escrever. Eu admirava a sua pessoa.

Uma carga de farinha de trigo indo de Portugal até Fortaleza, posta no trem para o Iguatu, seguia depois até o Crato em lombo de burro. Em algum momento e de alguma maneira, o português tinha se estabelecido no que seria mais tarde a rua da Vala, com um gerador e um forno de pão. Os seus primos distantes forneciam-lhe a matéria-prima, a prefeitura pagava-lhe um aluguel do motor que entre cinco e dez horas da noite fornecia energia elétrica para a cidade. Isso eram os anos 1920. Seu Pereira era o dono da padaria e era o dono do motor da luz. Daquela luzinha tênue, amarelada, que ajudava a passar o tempo antes de se ir dormir.

Havia poucas maneiras de se chegar ao Crato. Padrinho Xande veio com um concurso de telegrafista, para educar os filhos e arrumar negócio. Ganhou a admiração, sem igual, dos seus descendentes e correlatos, do alto da sua fotografia, do seu terno de casimira, dos seus olhos cinza, tristes e irô-nicos. Foi alegoria e símbolo, dependendo se estávamos inclinados à celebração contemplativa ou a empreender ingentes esforços. E era o padrinho de gente que nem chegou a conhecer; ele, o meu padrinho Xande. O mundo podia, realmente, ser maior do "que o açude dos Boris-Frères".

Foi de padrinho Xande a ideia: reunir uma bolandeira velha, que estava à venda, e o motor da luz, utilizando-o no tempo ocioso. Formou-se uma sociedade com o seu Pereira. O algodão vinha do sertão, era descaroçado, seguia para Fortaleza. As circunstâncias pesavam muito e eram quase tudo: a precariedade das colheitas incertas, a companhia inglesa que açambarcava o algodão, o crédito inexistente, a seca de 1932. E, no fim, uma hemorragia gástrica que acabou com ele antes dos cinquenta anos.

"Morreu de um espirro forte", comentavam as empregadas e os primos mais velhos. "Ah, se padrinho Xande estivesse vivo...", suspiro frequente que vinha pousar sobre as ruínas do matadouro municipal na estrada de Juazeiro, nos restos da casa de farinha iniciada em cima da serra, nos eucaliptos da praça que tomou seu nome, no nome próprio dos vários sobrinhos e afilhados. Como Valdério, Valdério Alexandre.

RUA DO LIMA

*Residia então Castro Alves na rua do Lima, em Santo Amaro, e ahi o fui encontrar, no doce convívio da sua encantadora Idalina, a preparar o poema d'*Os Escravos.

Elle avoua qu'elle voulait faire un tour à son bras dans la rue.[19]

Senhor, tende piedade dos adolescentes que se embriagam aos domingos.

Melânia foi acordada bem de manhãzinha por alguém, apenas um conhecido do Crato, e esse detalhe indicava a seriedade das circunstâncias. Trazia-lhe um bilhete e o endereço onde devia encontrá-lo. "Era bem atrás da igreja do Espinheiro, perto daquela casa onde você nasceu", e a sua voz tinha a rouquidão áspera dos fumantes, um riso moleque, como para me agradar.

Estranhou a manga comprida naquele calor do Recife, mas logo reparou, quando Valdério abotoou o pijama, no curativo sujo de mercurocromo, entre o ombro e o peito.

Ele viu que ela tinha visto e ficaram calados. Entregou-lhe um maço de dinheiro, pediu-lhe que comprasse dólares

---

[19] "Ela confessou que gostaria de dar uma volta, na rua, de braço dado com ele."

para serem entregues ao conhecido e que dissesse à mãe, somente à mãe, que iria sumir por uns tempos. Não, não precisava de mais nada e ela não deveria ficar por ali muito tempo. Afagou-lhe os cabelos, num gesto pouco comum, entre nós, de familiaridade. "Quando se acoita um amigo, acoitam-se as razões", era um preceito do catecismo sertanejo.

Melânia contava-me tudo isso, sentada na ponta da cadeira, como essas mulheres do interior para quem conversar é um luxo fortuito, porque estão sempre esperando uma solicitação da cozinha ou das crianças. No meio da conversa veio a presença da filha, morena de doze anos que me saudou com uma expressão de televisão e o sotaque cratense. O riso moleque duplicou-se, juntando menina e mãe. "Esta é a Natália", flamância de vogais, o rosto oval luzia claro o nome, *como as espigas, como um raio de sol e as moedas antigas* e a paz, o amor das leituras adolescentes.

> *Chamavas-te Jacyntha*
> *Com ipisilon e th.*
> *Eras uma flor exótica e azulada*
> *Com perfume de âmbar e hálito de chá.*

Piotr Nikoláievitch Bezúkhov, para vos servir, e poderia ter ouvido de volta: *Andrei Bolkónski, às suas ordens,* mas Zezito, o marido, não se encontrava lá, para me dar a réplica. Tinha viajado para Picos, no Piauí, onde vendia cotas de açúcar arranjadas por um parente. E calamos sobre as idas e vindas daquelas vidas, os desastres financeiros de Zezito, as suas fúrias descomunais, as suas bebedeiras desesperadas, herança do ramo do velho Monte. Dipsomaníacos, diziam os meus. Aquilo soava como morfeia.

Quando voltei, logo depois da anistia, eram vizinhos, na rua do Lima, Melânia e Carlos Duarte. Eu não via o velho comunista desde o cerco do palácio do governo, no primeiro de abril de 1964. E ao falar sobre uma coisa e outra daquele dia: "Ô Carlos, você se lembra, de manhã cedo, quando a situação ainda não estava definida e o Fulano..." — "Se escafedeu", completou o vozeirão.

A alegria da cumplicidade na maledicência vinha, no entanto, tingida por uma expressão melancólica. Era ainda *um dos nossos*. Mais tarde quando eu, rompendo o protocolo corrente no Ferdi's, que vedava os assuntos pessoais, contei a Nikolai Glebov alguns dos episódios da minha passagem pelo Recife, o velho russo olhou-me intensamente, mas logo os seus olhos assumiram uma expressão distante, opaca, que é todo o descansar do alcoólatra, e que também é a sua forma de tirania. Não era hora de insistir no assunto.

FOGO MORTO

"Vou falar um pouco da minha vida e de Xande"...

Casamos em 1915 eu com 15 anos ele com 20. Ele tinha um emprego de telegrafista. O ordenado dele era de 120 mil réis por mez.

Naquela época, quem tivesse um emprego federal era rico. Eu recebi parabéns porque soube escolher o candidato. Mereci os parabéns porque ele era formidável.

Passamos morando em Araripe 12 anos. Nasceram nesse espaço de tempo 6 filhos. Xande verificou que este dinheiro não dava para a nossa manutenção. Resolveu pedir sua transferência para o Crato. Felizmente, logo após da nossa chegada o seu ordenado foi aumentado para 250 mil-réis.

Xande vivia sempre preocupado em conseguir uma renda para aumentar o que tínhamos. Um dia pensou em construir um Matadouro Modelo. Ele escreveu ao seu primo Monte Arraes comunicando a sua pretensão.

Depois que acertaram tudo fizeram a sociedade, convidaram mais um sócio e construíram o Matadouro. Passaram vários anos e serviu para aumentar a nossa renda. Depois a Prefeitura quiz comprar para ficar com os direitos. Foi feita a venda e Xande começou a procurar em quê empregava o dinheiro.

Não sei como ele soube que no Pará tinha uma fábrica para ser vendida. Ele chamou padrinho Zé e mamãe e Liinha e perguntou se queriam fazer parte nesta sociedade. Todos foram de acordo. Ele foi ao Pará comprou 2 máquinas de beneficiar algodão a prensa e uma máquina de fazer resíduo. Instalou a fábrica, nos primeiros tempos tudo correu às mil maravilhas, mas ela foi crescendo e precisava de mais capital. Xande sabia que os sócios não tinham mais dinheiro. Ele como Diretor lembrou-se de hipotecar a fábrica ao Banco do Cariry.

A fábrica sempre crescendo, o capital muito pequeno, ficou precisando de mais dinheiro. Foi preciso hipotecar novamente a fábrica, dessa vez foi ao sr. M. que era amigo de Xande e morava em Fortaleza. Felizmente Xande ainda teve a satisfação de ver a fábrica funcionando bem. Quando ele morreu a fábrica ainda estava hipotecada ao sr. M.

Vejam como eu fiquei, porque só tinha certo e a meu favor a renda da fábrica.

O ordenado que ele percebia que era de 500 mil-réis desapareceu com a sua morte. Só deixei passar quinze dias para começar a providenciar os meios para viver. Escrevi a Dú pedindo para ele conseguir que o sr. Moreira autorizasse o seu gerente para me dar 100 mil réis por mes. Esse dinheiro serviu muito mas não foi suficiente para poder sustentar a casa. Tive que vender alguns objetos de casa para ajudar. Os meninos logo que começaram a ganhar começaram a ajudar. Eu mesma não sei como cheguei a esta idade. Hoje vivo recebendo uma mesada boa dos meus filhos.

Xande nunca visou fortuna fabulosa queria apenas que se tivesse com que passar e educar os filhos. Isto foi o seu desejo para todos nós sócios veteranos.

De três anos para cá a fábrica deixou de dar alguma coisa aos sócios. Lamento porque quando ela estava no apogeu tinha muitos donos. Hoje que está fechada não aparece sequer um dono para resolver os negócios.

O capital inicial da fábrica:

Maria Almina	2500 contos
José Almino	2000 contos
Liinha	1000 contos
Xande	1500 contos

THOMAS, GLEBOV, NOEMI

> *Parmi tous ces demi-grands hommes que j'ai connu dans cette terrible vie parisienne, Samuel fut, plus que tout autre, l'homme des belles oeuvres ratées; — créature malédive et fantastique, dont la poésie brille bien plus dans sa personne que dans ses oeuvres, et qui, vers une heure du matin, entre l'éblouissement d'un feu de charbon de terre et le tic-tac d'un horloge, m'est toujours apparu comme le dieu de l'impuissance, — dieu moderne et hermaphrodite, — impuissance si colossale et si énorme qu'elle en est épique! [...] Un des travers le plus naturel de Samuel était de se considérer comme l'égal de ceux qu'il avait su admirer; après une lecture passionné d'un beau livre, sa conclusion involontaire était: voilà qui est assez beau pour être de moi! et de là à penser: c'est donc de moi il n'y a que l'espace d'un tiret.*[20]

Chove manso mês de maio adentro. Fazia-lhe bem, de cores tão diversas, os livros espalhados, o odor da paz con-

---

[20] "Entre todos esses homens semigrandiosos que eu conheci nesta espantosa vida parisiense, Samuel foi, mais que qualquer outro, o homem das belas obras frustradas; — criatura doentia e fantástica, cuja poesia brilhava muito mais em sua pessoa do que em suas obras, e que, por volta da uma hora da manhã, em meio ao brilho de uma lareira e o tique-taque de um relógio, sempre me pareceu o deus da impotência, — deus moderno e hermafrodita, — impotência tão colossal, enorme, que chega a ser épica! [...] Um dos pequenos defeitos naturais de Samuel era de se considerar co-

trita. Quisera que os dias tomassem rumo, e a fúria dos romances vencesse o tempo imenso, e o arbítrio do destino: *Je suis né, déesse aux yeux bleus, de parents barbares, chez les Cimmériens bons et vertueux qui habitent au bord d'une mer sombre, hérissée des rochers, toujours battue par les orages...*[21]

A tarde morta e as páginas lidas, até *esfregar os olhos*, faziam reviver simples incidentes: um vulto pressentido numa febre infantil, um gesto heroico jamais realizado. Transcritas e impressas, essas observações se encantavam em coisa amável, boa de afagar. E assim, quando quis comentar a morte de Valdério, muito naturalmente ele copiou frase do elogio fúnebre de José de Alencar, por Machado de Assis: *Tinha-lhe afeto, conhecia-o desde o tempo em que ele ria, não podia acostumar à ideia de que a trivialidade da morte houvesse desfeito esse artista*. Thomas acrescentou, ao seu modo: "Tenho pena de vê-lo morto pelo Natal, quando as vitrines se enchem de tão belas garrafas, diante das quais ele se quedaria extasiado".

A memória era um vezo permanente nas vidas de Thomas e de Glebov, o que me fazia considerá-los como uma mesma e só personagem. Por vezes, no entanto, ela os envolvia num torpor insuportável, uma preguiça que repugnava, e de onde algumas poucas coisas — a malícia ou o brilho de um nome — conseguiam arrebatá-los: as Melânias sussurrantes, os Valdérios sombrios, e o Laocoon Alexandre, tão à

---

mo semelhante daqueles que soubera admirar; depois da leitura apaixonada de um belo livro, sua conclusão involuntária era: aí está algo tão belo que poderia ser meu! e de lá a pensar: e é, portanto, meu, havia somente um pequeno passo a dar."

[21] "Eu nasci, deusa de olhos azuis, de pais bárbaros, entre cimérios bons e virtuosos que vivem à margem de um mar escuro, escarpado de rochas, sempre fustigado pelas tempestades..."

vontade com as suas serpentes. Quando se voltam para a vida, eram, assim, trazidos pelo prazer de uma palavra, de uma história, ou pelo desejo de companhia.

E no continuar da memória, a alegoria se embevece, domestica-se: eu vejo a casa porta-e-janela. Tinha dois grandes cômodos: a sala de visita, nunca utilizada, ficava na frente. No fundo do corredor, um outro salão, de piso acimentado, com uma rede no canto e a mesa, tosca, plantada bem no meio. A mão envelhecida de Noemi escrevia devagar, assentando laboriosamente, mas com naturalidade, a sua história, num caderno escolar:

Ninguém trai as raízes

É muito interessante se ter assistido o modo como os pais conseguiram os meios necessários para manter os seus filhos. Desde pequena que via papai trabalhar em vários setores, num dos quais ele conseguiu montar uma bolandeira para descaroçar algodão. A bolandeira era feita toda de madeira. Tinha uma forma de moenda onde se colocava o algodão. Tinha mais dois paus bem grandes onde se punham os dois bois mansos preparados para isso. Eles tinham de passar várias horas fazendo aquele espaço preestabelecido. Trabalhavam o dia inteiro para a produção ser bem pequena. Naquela época não se falava em motor.

Fiquei com o meu espírito imbuído de fábrica.

Casei-me com o meu marido, que também gostava de empresa, sempre falava em construir uma fábrica. Depois de vários anos ele concretizou o seu pensamento.

Passei muitos anos esperando o progresso dessa fábrica.

Ela desapareceu.

Eu fiquei impregnada com a história da fábrica.

Eu estou com 71 anos continuo ainda pensando em melhorar uma fabriqueta que tenho de fabricar licor de leite. No momento estou com propósito de colocar um motor elétrico, pois ela é manual. Parece que se fica com o germe no sangue, pois não posso viver sem uma fábrica ainda mesmo que seja pequena. O que importa é que tenha nome de fábrica.

Faz muitos anos que fabrico licores fazendo somente para a família e para dar de presente aos amigos. Hoje pretendo negociar o produto porque vou gastar um pouco de dinheiro para melhorar a produção.

Até agora não consegui outra maneira de filtrar. Só serve se for de gota em gota. Já fiz várias experiências e ainda não descobri outra forma que chegue ao ponto ideal.

SOLECISMO

They can't take that away from me.[22]

Não ri gostosamente como o Ascenso. Nem sorri com finura como Joaquim. Mas, como sorri o Rodolpho Maria? O Rodolpho Maria não sorri.

Chegara tarde e tudo soava falso. Não havia mais o que distinguia uma cerveja casco escuro, e a voz do garçom argelino, os seus erres acentuados, a sintaxe invertida, como nos espelhos, ainda vivia: "Bière, spéciale, '33'? y en as pas".[23]

Na manhã e na maresia perdidas, encontrou pequenos vultos escurecidos, tão familiares, que lavavam as calçadas, vestidos de azul; outros recolhiam o lixo em uniformes plastificados, laranja, e as velhas portarias do Flamengo dormitavam, cobertas de ferrugem, e os postes vergavam sob o peso de enormes transformadores, restos de chuva escorrendo pelos fios elétricos desencapados.

Os bolsos das camisas abertas eram usados para carregar maços de cigarro. Furor de telefonemas, terror dos encontros. O pânico diante dos telefonemas. A telefonista fala

---

[22] "Eles não podem tirar isso de mim."

[23] "Cerveja, especial, '33'? não tem."

assim: "José Almino, da onde?". A aeromoça fala assim: "Senhor, o senhor deseja jantar?". As empregadas recompõem a naturalidade do mundo: "Doutor, o senhor vem jantar?". Ninguém mora mais em quitinete.

Quando eu me lembro, vejo o edifício no Catete onde C. foi descoberto e metralhado. Cabeça-de-porco, quarto e sala. Os jornais anunciaram a morte com grande estardalhaço, mas sem muitos detalhes. Mostraram uma fotografia do corpo estendido na área de serviço, fotografia tirada do alto e que deixava ver a forma acanhada do lugar. C. havia sido trocado pelo embaixador da Suíça, um dos setenta que tinham ido parar na Argélia.

Quando eu me lembro, vejo que Valdério começou os seus desvarios na época em que, conversando comigo, utilizou pela primeira vez a expressão "classe operária". Exibiu, na ocasião, um sorriso contido e crispado, uma expressão de desprezo e superioridade. Isto estava tão fora da nossa maneira de falar. Tudo bem composto e sério, ligeiramente fora de tom, como se alguém muito familiar houvesse adquirido uma nova mania, raspado o bigode, ostentasse um cachimbo. A queda de C. teceu um primeiro desmantelo. Foi a correia partida naquela engrenagem ingênua, agora sepulta. Valdério reagiu mal a tudo isso.

DESMANTELOS

> *Vous dites qu'il entre du hasard dans les opinions*
> *politiques et je n'en sais rien. Mais je sais qu'il n'y*
> *a pas de hasard à choisir ce qui vous déshonore.*[24]

Quando o Gordo me falou do seu câncer, tinha os cabelos desalinhados e havia afrouxado a gravata, deixando ver a pequena incisão da biópsia na base do pescoço. Dedicou-se aplicadamente a morrer, fiel ao estoico ceticismo que inventara para si. Ganhara com isso um ar de determinação e sabedoria, como se tivesse encontrado o papel da sua vida e um pouco da dignidade tão almejada. Depois foi se apagando entre a quimioterapia burocrática e as internações cada vez mais frequentes, e morreu. Teve o seu serviço religioso, a sua nota biográfica no boletim do Secretariado e uma notícia fúnebre, três semanas depois, na seção "Registro" do *Jornal do Brasil*.

Quando Valter perdera o seu lugar no escritório da fábrica de algodão e passara a trabalhar com o caminhão, continuou a frequentar o terraço da minha avó. Ao chegar de viagem, passava sempre por ali, onde Maria da Paz e Valdé-

---

[24] "Você diz que o acaso é parte das opiniões políticas, e eu não sei como contradizê-lo. Mas eu sei que não é por acaso que se escolhe o que te desonra."

rio gostavam de se demorar durante as suas ausências. Vendo-o sentado, com o filho e a mulher à volta, o rosto sobre o prato, as mãos ainda sujas de graxa, era ver a mansa altivez dos humildes, sublinhada pela luz, fraca, da cozinha. Uma tristeza difusa separava-me dele e dos seus.

Quando Valdério negou-se a voltar de Cuba para o Brasil, desobedecera a decisão do seu grupo, que ainda não acreditara na trama e na delação do cabo Anselmo. Poderia, por delicadeza, se deixar matar, seguindo a fieira dos que foram para a morte, tangidos pelo torpe personagem. Poderia também ter feito como o "tal de Pablito", recomposto opiniões e renovado os contatos, espreitado oportunidades, se mancomunado com a G2 cubana, feito negócios, pedido a readmissão no Partido Comunista, contado histórias. Mais tarde, quando a sua decisão revelou-se correta, nada consertou o terrível desacerto que nele se acomodara:

> *O motor do mundo avança:*
> *Tenso espírito do mundo,*
> *Vai destruir e construir,*
> *Até retornar ao princípio.*

Aqui, dessa janela, vê-se como no bairro das Graças, as folhas secas de um fruta-pão arranhando o chão de um quintal vazio, quatro horas da tarde, a hora mais vazia do domingo, nenhum cão por esses lados da Praia Vermelha. Tudo isso é muito moral, costumava sentenciar Nikolai Glebov. Longe de mim semelhante ideia.

ÍNDICE ORDENADO DE FONTES DAS CITAÇÕES

Antônio Nobre, p. 9
Stendhal, p. 11
Tom Waits, p. 15
Castro Alves, p. 16
W. Somerset Maugham, p. 17
V. S. Naipaul, p. 18
Montaigne, p. 19
V. S. Naipaul, p. 19
Eugenio Coimbra, p. 21
Blaise Pascal, p. 23
Ascenso Ferreira, p. 24
Noemi Arraes, pp. 25-6
André Gide, p. 27
Louis Aragon, p. 29
Manoel de Barros, p. 30
Ladislau Porto, p. 30
Tomás Seixas, p. 30
Camões, p. 31
Gershom Scholem (carta a Walter Benjamin), p. 33
Charles Baudelaire, p. 34
Gregório de Mattos Guerra, p. 35
Benjamin Constant, p. 37
Louis-Ferdinand Céline, p. 37
Walter Benjamin, p. 38
Joaquim Nabuco, p. 39
Novo Dicionário da Língua Portuguesa, p. 41
Augusto dos Anjos, p. 41
Gomes Eanes Zurara, p. 42
Gustavo Corção, p. 43

Eça de Queirós, p. 44
James Joyce, pp. 45-6
Rafael Alberti, p. 47
Cyro dos Anjos, p. 47
Gustavo Barroso, pp. 48-9
Manoel de Oliveira Paiva, p. 49
José Lins do Rego, p. 51
Guimarães Rosa, p. 53
Machado de Assis, p. 55
Gonzaga Duque, p. 55
Noemi Arraes, p. 57
Regueira da Costa, p. 59
Gustave Flaubert, p. 59
Vinicius de Moraes, p. 59
Menotti del Picchia, p. 60
Rodolfo Maria de Rangel Moreira, p. 60
Lev Tolstói, p. 60
Joseph Conrad, p. 61
Noemi Arraes, pp. 63-5
Charles Baudelaire, p. 67
Ernest Renan, p. 68
Fernando Pessoa, p. 68
Machado de Assis, p. 68
Noemi Arraes, pp. 69-70
Ira Gershwin, p. 71
Paulo Couto Malta, p. 71
Albert Camus (carta a Marcel Aymé, de 27 de janeiro de 1945; nela o autor explica sua assinatura no manifesto que pedia a graça para Robert Brasillach), p. 73
Murilo Mendes, p. 74

PEQUENA FORTUNA CRÍTICA

DOCES E FALSAS REMINISCÊNCIAS

Francisco Alvim

Nada direi das terribilíssimas peripécias narradas neste extraordinário *O motor da luz*. Não cometerei nenhum dos comentários indiscretos a que convida o livro, em seu confessionalismo revigorado e sedutor, cheio de elipses e de força lírica. (Todo o lirismo, até o mais essencializado, carece do impulso confessional. Não que tal impulso deva ser tomado como simples e irrefreável desejo de compartilhar com o leitor a circunstância biográfica. Mas sim como algo muito mais profundo, que se origina nos embates de um sujeito cindido entre duas pulsões antagônicas — de adesão e ruptura — no que tange à própria individualidade; e que pode mesmo se expressar como confidência, falsa ou verdadeira.) Para mim, o que importa é continuar tentando apreender o sentido que José Almino atribui ao sentimento, quando se exprime em poesia e nesta sua prosa de agora.

Antes de mais nada, algo que já havia notado em sua poesia: o sentimento nele não se dissocia, por força de uma crença generalizada, do pensamento. Pelo contrário, José Almino confia em que a inteligência das coisas só é dada à luz do sentimento. É como se o sentimento formasse o corpo da subjetividade, sobre o qual incidisse a experiência e este corpo, só por obra dele, sentimento, fizesse soar a própria experiência. Mas o que talvez distinga (e, paradoxalmente, aproxime) *O motor da luz* e *Maneira de dizer*, livro anterior de poemas, é o movimento que a prosa traz com a narrativa. Movimento que se dá no plano da reminiscência e que, por isso mesmo, não é linear: como na poesia, abre-se para o tempo, para o fora e para o dentro, o que leva a uma percepção contraditória — simultânea e evasiva. Nisto, poesia e prosa do autor quase se confundem.

De outro ângulo, compreende-se porque os sentimentos em José Almino não cessam nunca: porque se situam-se na dimensão distanciada da memória, afeita à permanência do significado. Não se estratificam, porém — não se imobilizam; são voláteis: convergem, depois de intensa e dinâmica concretude, para a figuração de uma sonoridade abstrata, espécie de diapasão contínuo: o nada (a perda?) e sua forma: "[...] quando o dia se arrastava, forçando-me a uma melancolia cuja origem mergulhava em passado longínquo e quase conhecido".

"Mas Thomas, em tudo o que fazia, até nos seus livros, buscava, primeiro, fazer aparecer um sentimento que iluminasse as ideias. Criava, assim, um tom monocórdio envolvendo permanentemente sua vida e obra, uma neblina que o tornava narrador, personagem, leitor e narrativa. Esse sentimento podia ser um qualquer: o da nostalgia, o da exaltação, o do ceticismo... Nós lemos para reconhecer o que já sabemos, citava [adiante, o leitor saberá que o autor da citação é Naipaul], levando-me, sem querer, até Nikolai Glebov: 'on vit toujours sur le bonheur d'un autre': ou, salvo engano, 'on vit toujours par le bonheur d'un autre'."

Alusões literárias que se desdobram em citações, epígrafes e títulos: configuração de um verdadeiro sistema sobreposto para leitura, lembrando o que Otávio Ramos adota, noutro registro, em sua novela *Lumpen*. Em José Almino tal sistema comenta ou finge comentar a matéria vivida e já transfigurada em literatura pela narração. Por meio dele, o narrador reforça a dimensão moral imanente em todo o texto, aquela mesma que pretende negacear na última sentença. Fontes secundárias a que recorre em seu movimento pendular de abandono e resistência ao vivido: a que não escapam, como visto, as reflexões sobre a própria experiência da criação, presente em várias partes do relato e admiravelmente comentada — em seu componente de desejo, tão intenso no texto — pela epígrafe de Baudelaire a um dos capítulos.

Nada mais distante do simulacro, das vivências mediatizadas e mediatizadoras de uma certa sensibilidade pós-moderna, porém, do que este *O motor da luz*. Nele, a força das coisas é tamanha (acentuada pela ausência de ênfase e pela naturalidade da escrita), que as raízes de seu desvelamento devem antes ser procuradas no gosto pela experiência direta, herança de nosso modernismo. Só que agora conduzindo a "documento doído e instrutivo de um fim de linha histórico", como notou Roberto Schwarz com respeito a *Maneira de dizer*, numa observação que se aplica também à nova obra.

A mudança talvez se explique em razão de processos mais acentuados e recentes de interiorização da narrativa. Para estabelecer um paralelo com *Fogo morto*, o romance de José Lins do Rego significativamente incorporado ao sistema acima mencionado, é como se não fosse o Engenho Santa Fé que estivesse de fogo morto, nem o espírito de seu proprietário, o coronel Luís César de Holanda Chacon, flagrados pelo olhar crítico e distanciado de um narrador situado no limiar de novos tempos — e por isto mesmo aberto ao movimento da história. Em *O motor da luz* é a narrativa protagônica que está de fogo morto, porque morto está o tempo histórico de quem a faz.

A ele — a esse sentido de experiência herdado do modernismo, que inclui o recurso não apenas à experiência própria mas à dos outros — se deve o *páthos* do livro. A oscilar entre os valores aristocráticos de um estoicismo pagão e de uma compaixão seca e irônica, longinquamente cristã e de raiz popular, que tanto mais se afirma quanto mais se nega — medula de uma certa aristocracia de espírito pernambucana.

E numa espécie de invisível contracampo — contra-sombra? — o magma saturnino que está na origem desta criação: um como que choro surdo, desesperado, sobre si mesmo, e seu indício mais aparente, a derrisão — por inalcançável na circunstância histórica do narrador (sempre em contraste com a força luminosa da memória familiar) — do sentimento da dignidade. Mas onde estará o segredo maior deste texto? De seu estupendo arrojo lírico? Talvez no curso incessante das lembranças, que a cada frase criam pontos de fuga. Daí o frêmito de alegria delicada, melancólica, desolada que o atravessa; que me lembra, não sei por que motivo, a graça triste de certos retratos de Guignard e que encontra sua irônica e melhor expressão na palavra *desmantelo* do léxico afetivo da província do autor.

Publicado originalmente em *Jornal do Brasil*, 26/11/1994.

O MOTOR DA LUZ

Vilma Arêas

> *Um amor em que a gente se apega é uma paisagem infantil, insana.*
>
> José Almino

Existe uma linha na literatura brasileira que coincide com certa tendência moderna, centrada na literatura prosaica e sem ênfase, criada pelo amadurecimento da consciência política após as Grandes Guerras (Montale, por exemplo, que afirmava ser necessário "torcer o pescoço à eloquência"). Esta tendência entre nós foi sendo trabalhada pouco a pouco a partir de 1922. Por outro lado, atualmente há outra tendência, mais restrita, que se acrescenta à primeira: a translação dos recursos da prosa à poesia e vice-versa, quando estão em jogo escritas secas, econômicas. Certamente, sem a revolução do verso livre e do poema em prosa da modernidade, essa tendência não poderia sequer ser imaginada. Mas acho que a literatura brasileira a transformou em procedimento alternativo ao incorporá-la. É o uso da elipse o que assegura esse intercâmbio e convivência entre os gêneros.

Francisco Alvim, por exemplo, um de nossos poetas contemporâneos mais reconhecidos, afirma com tranquilidade que o escritor brasileiro que mais o influenciou e ajudou a conquistar seu próprio estilo foi Dalton Trevisan, um dos nossos mais sofisticados prosadores, com seus contos elípticos e violentos. Pois bem, agora é o próprio Dalton que se volta ao que chama *haikais*, na realidade anotações radicais, extraídas às vezes de contos escritos anteriormente, agora isolados na página. A sugestão é que assim concentrariam o miolo do relato, ou o clima do conto, elaborados com material explosivo.

Essa observação inicial é imprescindível ao se tratar de José Almino, cuja obra de ficção se constrói com recursos estéticos semelhantes aos de seu livro de poemas *Maneira de dizer*.[1] Prosa e poesia se entrelaçam e se misturam no esforço de narrar a subjetividade em confrontação com o mundo. "A novela *O motor da luz* estabelece uma relação de continuidade com a obra poética do autor, e essa é sua maior qualidade", afirma João Moura Jr., outro poeta de grande interesse, ao escrever a orelha do livro. Talvez seja esta a dificuldade de enquadrá-lo em um gênero. Será uma novela? Será realmente ficção? Ou um mero registro memorialístico? Contos talvez? Ou crônicas? "Os fragmentos que o constituem" — continua João Moura Jr. — "vão se reunindo como num mosaico, em que as diversas peças formam um todo, todo esse que é maior que a soma das partes." Certamente o poeta e crítico se refere ao arco das alusões contextuais e literárias movidas por Almino.

Por sua vez, falando do livro, Francisco Alvim se refere ao "confessionalismo revigorado e sedutor, cheio de elipses e de força lírica".[2] É justamente o lirismo o que exige o impulso confessional compreendido, não como "simples e irrefreável desejo de compartilhar com o leitor a circunstância biográfica", continua Alvim, mas sim como algo "muito mais profundo, que se origina nos embates de um sujeito cindido entre duas pulsões antagônicas — de adesão e ruptura — no que toca a própria individualidade e que pode mesmo se expressar como confidência, falsa ou verdadeira".

---

[1] José Almino, *Maneira de dizer*, São Paulo, Brasiliense, 1991.

[2] Francisco Alvim, "Doces e falsas reminiscências", *Jornal do Brasil*, 26/11/1994 [texto reproduzido neste volume].

Este livrinho incômodo, de difícil classificação, também é difícil de descrever. Composto por vinte capítulos arrumados não cronologicamente, a que se acrescenta um índice de citações, está cortado por espaços em branco, buracos, como que obrigando a narrativa a acompanhar o movimento circular e obsessivo das reminiscências, do jogo regido por memória e esquecimento.

Embora fale de sua história pessoal e da história do país, Almino rejeita a pretendida objetividade do narrador realista tradicional, para quem a questão da possibilidade de determinar um sentido externo à ação narrada era uma partida ganha. Sem embargo, apesar da neblina dos sentimentos, há um desejo manifesto de narrar o real, de não cortar os laços entre a literatura e o literal ("a escolha entre o literal e a literatura nos será imposta, necessariamente, de maneira inexorável"), de fornecer ao leitor detalhes insignificantes porque "o realismo requer a companhia de ações triviais",[3] sem que em nenhum momento se disfarcem as regras e prescrições do jogo literário.

Do mesmo modo que a história, cortada por fendas, a voz narrativa também se quebra, interrompida por inumeráveis citações que a atravessam, convivendo democraticamente autores legitimados de várias épocas e nacionalidades, com outros, menores, com relatos familiares e com a produção *pop*. Entre elas se recorta a voz do autor.

Não se trata entretanto do que a convenção costuma denominar "pós-moderno", pois aqui a citação, embora não esteja pautada por critérios de valor literário estrito, não funciona como pastiche, esse modo de "mimetismo neutro", segundo as palavras de Fredric Jameson.[4] Funciona, sim, em

---

[3] Citação de V. S. Naipaul, na p. 17 [nesta edição, p. 18].

[4] Frederic Jameson, em seu ensaio clássico "Pós-modernidade e so-

O motor da luz, como uma espécie de película sobre as coisas ou feitos narrados, impedindo a exposição excessiva que as mercadorias exigem (não pretende ser, portanto, mercadoria) e amarrando-as ao universo literário. Este, por sua vez, desdobra e aprofunda relações, transformando-se a citação em caixa de ressonância. Outra função da citação é a de retardar o voo do texto, abrandar a intensidade cuja pulsação pressentimos, mas que jamais se entrega inteiramente. Ao contrário, a citação arma uma espécie de compasso de espera, preenchido com as várias vozes, que prometem e elidem ao mesmo tempo o sentido total do passado e do presente possível.

Retraçar, pois, as pegadas deste texto, como faço aqui, emendar seus tempos quebrados, será uma violência exigida pela análise, ameaçando esmagar a delicadeza dessa construção volátil.

O percurso do tempo compreendido por *O motor da luz* se estende desde os primeiros anos do século XX — histórias e genealogia familiar — até o momento pós-anistia no Brasil.[5]

Os momentos algo distendidos criados pela camada de citações são, sistematicamente, atropelados pelos tempos fortes, que retornam insistentemente nas páginas. Um deles narra as várias tentativas de equipar e manter uma fábrica modesta no interior do Brasil; narrativas sempre frustradas pelo atraso, a lentidão dos transportes, a precariedade, a pressão

---

ciedade de consumo" (*Novos Estudos CEBRAP*, nº 12, 1985), interpreta como um dos aspectos da pós-modernidade a dissolução de fronteiras e distinções fundamentais, "notadamente a velha distinção entre cultura erudita e popular (a chamada cultura de massa)".

[5] A anistia no Brasil aconteceu em 1979. Salvo engano, a última data sugerida pela narrador é 1983, ano do assassinato de Valdério, personagem do livro.

estrangeira. Não por acaso um desses momentos está presente no capítulo intitulado *Fogo morto*, citação da obra-prima em que José Lins do Rego conseguiu sintetizar a grande saga da decadência dos engenhos e da monocultura da cana-de--açúcar. A insistência e o retorno desses episódios certamente aludem à reposição dos traços estruturais do modelo brasileiro, caracterizado pela desigualdade, marcado por tempos contraditórios, o que levou os cientistas sociais a falar de "formações duais", de "contemporaneidade do coetâneo", ou de "vanguarda do atraso e atraso da vanguarda".[6]

Outro tempo forte do livro é assinalado pelo golpe militar de 1964 e pelo assassinato de Valdério, dirigente do MR-8, grupo revolucionário brasileiro que lutava contra a ditadura. A morte violenta, semelhante a uma execução sumária, acontecera já em tempos de anistia, em 1983. Valdério era perito em estratégias e tinha conseguido escapar da prisão, mesmo envolvido em missões muito arriscadas. Seu assassinato portanto é tão frustrante e obscurantista como o fracasso das fábricas: ambos apontam a falta de saída da situação brasileira, os vícios de sua história, a repetição dos modelos de exclusão, a impossibilidade da luz. Uma espécie de imobilidade rege essa história,[7] mesmo tendo atravessado momentos de movimento. É o que diz a última citação, de Murilo Mendes, que em tom sentencioso finaliza o livro: "O motor do mundo avança:/ Tenso espírito do mundo,/ Vai destruir e construir,/ Até voltar ao princípio". No exterior, onde

---

[6] Francisco de Oliveira, "Vanguarda do atraso e atraso da vanguarda: globalização e neoliberalismo na América Latina", *Praga*, nº 4, 1997.

[7] Este é um traço recorrente a partir de certo momento na literatura brasileira. Veja-se, por exemplo, o poema *"Páginas Amarelas* I", de João Moura Jr.: "poeta atônito/ a içar velas unhas e dentes/ à aridez de um céu sem semente/ (nenhum vento move estas velas/ estas páginas amarelas)" (*Páginas Amarelas*, São Paulo, Duas Cidades, 1988).

recebera a notícia da morte de Valdério, o narrador se pergunta se "valia a pena ver o que valia aquele passado". A resposta é dada com uma violência emprestada dos versos de Gregório de Matos, satírico luso-brasileiro do século XVII: "O remédio será seguir o imundo/ Caminho, onde dos mais vejo as pisadas".

É o golpe militar de 1964 a alavanca do motor de trevas que produz a tragédia social e pessoal, conforme a narra o livro. Filho de Miguel Arraes, então governador de Pernambuco,[8] o narrador nos relata uma história exemplar: na audiência pública nos jardins do Palácio, ele, como um dos assessores voluntários para atender o povo, recebe um sitiante, arrendatário do pedaço de terra de um engenho; o dono da terra queria expulsá-lo, embora ilegalmente, pois o homem era permanente naquele lugar. Deu como prova as fruteiras, a vaquinha, os porcos. Os "cabras"[9] do dono e o próprio delegado o estavam ameaçando. A agitação política era grande, eram vésperas do golpe. Nada pôde ser feito. A cada dia o homem regressava com queixas progressivas:

"— Doutor, o homem derrubou a minha cerca e botou o gado na minha roça. [...]

— Doutor, o homem cortou as minhas fruteiras. [...]

— Doutor, o homem mandou destelhar a minha casa.

[...] Ele tinha um cheiro azedo batido e, com o chapéu na mão, via-se que o cabelo avermelhado estava emplastrado de suor. [...]

A vergonha não me deixava olhar direito os seus olhos secos."

---

[8] Miguel Arraes, por seu governo progressista, foi o único governador preso durante o golpe. Pouco tempo depois saiu do país com sua família, exilado.

[9] Isto é, capangas, homens de confiança do dono da terra.

A última frase é um dos sentimentos que movem o livro, motor esta vez das reminiscências, fonte da melancolia. Por isso justifica-se que a epígrafe que nos apresenta a narrativa seja de António Nobre, poeta português do final do século XIX, autor do extraordinário poema narrativo intitulado *Só*. Do exílio em Paris, Nobre escreve os versos escolhidos por nosso narrador: "Quando eu cheguei aqui, santo Deus! Como eu vinha!/ [...] Sei de cor e salteado as minhas aflições!".

Portanto, a experiência pessoal é aqui transfundida na experiência alheia, fazendo-se coletiva e abrindo-se ao movimento da História. As alusões, citações e epígrafes formam um verdadeiro sistema superposto, segundo a observação de Francisco Alvim, sistema que "comenta ou finge comentar a matéria vivida, já transfigurada em literatura pela narração", que assinala a dimensão moral do texto, em um movimento pendular de "abandono e resistência do vivido".

O insistente passar a palavra ao outro não deixa de atenuar a integridade da voz do autor, roubar-lhe um pedaço inteiro, sufocar qualquer resultado vistoso. O desterro desta voz, o exílio, assinala o momento da ruptura. Exílio da pátria, exílio da página. Talvez por isso, apesar da violência da experiência histórica, *O motor da luz* parece um livro escrito na água: a todo o momento as palavras vão e vêm, as ocorrências passaram, mas ainda estão lá, estão aqui, neste momento em que escrevo.

A íntegra deste ensaio foi publicada originalmente em espanhol com o título "Narrativas de la experiencia (aproximación a *A hora da estrela, O motor da luz, A doença, uma experiência y Resumo de Ana)*", em *Revista de Filología Románica*, número especial "La narrativa en lengua portuguesa de los últimos cincuenta años", Madri, Universidad Complutense, Anejos, II, 2001. Texto revisto pela autora para esta edição.

QUANDO A FICÇÃO SE RECORDA, QUANDO O SENTIDO PASSA A RESISTIR

Michel Riaudel

Em menos de dez anos, surgiram no Brasil três narrativas ficcionais nas quais o dispositivo de enunciação, sem que constituam "memórias" autênticas, parece todavia, nos três casos, resultar de um certo trabalho da recordação: *Relato de um certo Oriente, O motor da luz* e *Resumo de Ana*.[1] *Relato de um certo Oriente*, primeiro romance de Milton Hatoum, e *Resumo de Ana*, de Modesto Carone, foram saudados pela crítica, em comentários e artigos, sendo que o primeiro ensejou até mesmo duas exegeses;[2] os dois livros foram agraciados com o importante Prêmio Jabuti, no ano que se-

---

[1] Milton Hatoum, *Relato de um certo Oriente*, São Paulo, Companhia das Letras, 1989; José Almino, *O motor da luz*, Rio de Janeiro, Editora 34, 1994; Modesto Carone, *Resumo de Ana*, São Paulo, Companhia das Letras, 1998. Esses três romances foram traduzidos para o francês: Milton Hatoum, *Récit d'un certain oriente*, tradução de Claude Fage e Gabriel Iaculli, Paris, Seuil, 1993; José Almino, *Les nôtres*, tradução de Michel Riaudel, Paris, Maisonneuve et Larose, 2005; e *Résumé d'Ana*, tradução de Michel Riaudel, Paris, Chandeigne, 2005.

[2] Marleine P. M. Ferreira de Toledo, com a colaboração de Heliane A. L. Mathias, *Entre olhares e vozes: foco narrativo e retórica em Relato de um certo Oriente e Dois irmãos de Milton Hatoum*, São Paulo, Nankin, 2004. Idem, *Milton Hatoum: itinerário para um certo relato*, São Paulo, Ateliê, 2006. Encontra-se no final desses livros uma bibliografia que dá a medida da recepção do romance.

guiu sua publicação; foram mais tarde adotados no programa de diversos concursos relacionados aos estudos literários ou ao ensino de literatura. Sem dúvida mais desconcertante, *O motor da luz* de José Almino foi mais discretamente acolhido[3] mas, a meu ver, nem por isso deixa de representar outra obra-prima cujas qualidades a legitimam como a terceira ponta de um triângulo que circunscreve, na literatura brasileira contemporânea, um espaço romanesco fecundo, situado entre ficção e autobiografia, relato e memória. Longe de representar certa produção narrativa, muito preocupada (entre outras formas e temáticas) com certa "atualidade" urbana, articulando violência e exclusão social, essas três prosas assinalam uma polaridade própria que merece ser analisada, tanto pelas convergências que esboçam como pela singularidade dos projetos que flexionam.

O primeiro fato notável que as caracteriza diz respeito precisamente à escolha da ficção pelos três autores. Se cada qual bebe abundantemente em sua experiência pessoal, geracional e familiar, navega em águas contíguas à biografia ou à autobiografia, pelo que não cede jamais à escrita documentária. O ponto de vista "memorialístico" não é senão de um caráter mimético, imitativo, a escolha romanesca[4] dispensando os fatos "relatados" de uma exatidão histórica absoluta, de uma fidelidade implacável ao real. Num tempo em que

---

[3] Destaquemos, no entanto, o ensaio que Vilma Arêas dedica a cinco narrativas, entre as quais a de José Almino e Modesto Carone. Ver "Narrativas de la experiencia (aproximación a *A hora da estrela, O motor da luz, A doença, uma experiência* y *Resumo de Ana*)", *Revista de Filología Románica*, Madri, Universidad Complutense, Anejos, II, 2001 [o trecho sobre *O motor da luz* está reproduzido neste volume].

[4] Aqui, deixaremos de lado a discussão, inteiramente digna de interesse, sobre o gênero a que pertence *Resumo de Ana*, composto de duas novelas, mas que têm muito a ver uma com a outra por serem eventualmente lidas como um todo e, portanto, como um romance.

parece decair a credibilidade da fábula e do imaginário, em que triunfam os livros-testemunho, de entrevistas, as reportagens, as biografias de todo tipo,[5] optar pela ficção vai quase à contracorrente dos critérios de sucesso editorial. Desordem de um mundo em recomposição? Inquietações apocalípticas? Todavia, eis que parece triunfar, em detrimento dos questionamentos próprios à aventura literária, o neopositivismo utilitarista das sínteses práticas, a aposta mais alta da verdade nua e crua e o reconforto mágico das "lendas pessoais". Ora, quer se trate de fornecer chaves pretensamente objetivas, de brutalizar por um naturalismo sempre mais radical ou de fornecer amuletos, a causa é afinal a mesma: a imediaticidade de respostas de curto prazo conjurando o sentimento de um desregramento, de desregulagens ou perdas de pontos de referência, em meio a uma concepção do real das mais limitadas. Sem dúvida, Milton Hatoum, José Almino e Modesto Carone pensam que autores e leitores têm mais a perder ao renunciar à elaboração simbólica do que ao sucumbir às sereias do *fast book*: escrito às pressas, lido às pressas. No jogo literário das máscaras e desvios, nada é seguro senão o incerto; mas o verdadeiro engodo não ficaria do lado do texto consumível, cuja natureza conveniente tranquiliza, agrada, pelo tempo que dura a mistificação?

Ficções, portanto, com suas pregas, seus meandros, reciclando contudo as trajetórias individuais. [...] Filho de Miguel Arraes, governador progressista de Pernambuco, destituído e preso pelos militares em 1964, José Almino concentra-se sobre o período em torno do golpe de Estado, os anos de formação do narrador, o exílio, o retorno, mas evoca também suas origens familiares, nos confins do Ceará e de Per-

---

[5] Ver Walnice Nogueira Galvão, *As musas sob assédio: literatura e indústria cultural no Brasil*, São Paulo, Editora Senac, 2005 (particularmente o capítulo 3, "Um novo biografismo", pp. 97-119).

nambuco. *O motor da luz* acaba assim por abranger um período bem mais amplo que os anos 1960, remontando até, por exemplo, ao célebre escritor romântico José de Alencar ou ao crítico Araripe Jr., entrevistos como que acidentalmente no texto. [...]

Estes três substratos familiares serão, todavia, remodelados em graus diversos que não importa por ora precisar. Em função do que julgam ser as necessidades de suas narrativas, Milton Hatoum, Modesto Carone e José Almino recompõem a realidade que conheceram ou de que ouviram falar, condensam destinos, forjam novos personagens, redistribuem anedotas, ajustam detalhes, inventam acontecimentos. A coerência ficcional importa mais do que a veracidade dos fatos. É ela que determina notadamente a escolha do dispositivo narrativo de vocação memorialista. Deste caráter retrospectivo da narrativa em primeira pessoa provém um desdobramento temporal: o plano pretérito dos acontecimentos narrados e o presente da enunciação. A diegese unifica-se sob os auspícios de uma subjetividade central, com todos os riscos possíveis de tal parcialidade. O narrador (narradora, no caso de *Relato de um certo Oriente*) tem nas mãos todas as cartas da história, que nos entrega senão passo a passo, à medida de "sua" lógica. Entretanto, à tensão dramática que supõe a intriga (no plano do enunciado), se junta uma dissonância narrativa dominada pela visão lacunar do narrador, que deve recorrer em cada uma das três obras a vozes de reserva.

Desde então a univocidade da narração se quebra na multiplicidade de fontes narrativas. Fruto de diversas difrações, o relato apresenta-se como um tipo de tentativa de reparação de uma realidade estilhaçada, o *assemblage* mais ou menos acabado de uma série de fragmentos. O romance tem algo de quebra-cabeça, resultante, de um lado, das suspeitas que pesam sobre a possibilidade de uma "verdade" histórica e, de outro, de uma explosão do "sujeito". O mergulho no passado assume aqui, em parte, as funções da descida aos infernos na epopeia antiga: consulta aos mortos, contato com uma experiência que não pode ser transmitida, busca das origens, interrogação identitária. A mimética memorialista, com suas linhas mais ou menos retas, investe-se, em parte, do valor etiológico do mito de fundação. Um tipo de romance de formação no passado, sem dele exatamente emprestar a virtude iniciática, mas compartilhando com ele uma certa pretensão teleológica: o ponto de chegada possível é esclarecido pelo discernimento da própria origem, da reorientação desejável do percurso familiar. Édipo, assim como outros, viveu por nós essa experiência.

Para além dessas convergências narratológicas entre esses três livros, a relação estabelecida entre o narrador principal e suas "delegações" deixa porém aparecer, mais do que variantes, divergências de fundo próprias, para em parte instruir o projeto "estético-político" que lhe é subjacente. [...]

O motor da luz radicaliza tal desconfiança. O narrador único não é mais suficiente para cimentar uma narrativa por demais heteróclita, desarticulada. Nele se emaranham um enxame de personagens e planos temporais: o dos ancestrais, da história de Simplício Almino de Alencar, de Noemi e Xande, do primo Valdério, do Gordo... Intrigas, espaços, imbricam-se, mesclam-se: Crato, Recife, Brasília, Argel, Paris, Nova York... E como se não bastassem tais justaposições e vai-e-véns, cada capítulo (nada menos que vinte para uma narrativa de pouco mais de sessenta páginas, o que formaliza a própria fragmentação) é precedido de epígrafes mais ou menos longas, recheado de citações discretamente assinaladas, quando não é constituído pela inserção em bruto de um recorte de jornal ou de páginas arrancadas ao diário de tia Noemi, no qual a redação ingênua e inábil contrasta, por exemplo, com as circunlocuções refinadas do primeiro capítulo.

Tantas vozes, mesmo que auxiliem a circunscrever sua família "literária", acompanham a instabilidade do "eu" narrativo com o qual entram em concorrência, disputando a palavra e ameaçando a homogeneidade do olhar e do tom. Sua multiplicidade e sua diversidade correm o risco de tornar indiscernível qualquer direção da narrativa, seu próprio *sentido*. Já não existiria mais centro, agora plural, disseminado? Não mais fronteiras, circunferência?

Longe da narrativa sabiamente arquitetada de *Relato de um certo Oriente* ou da linearidade enganosa de *Resumo de Ana*, este livro, no uníssono de seu caos narrativo feito de colagens de pequenas cenas, conta uma sucessão de fracassos: amores não partilhados, projetos abortados de modernização industrial por parte de Xande, a democratização de Pernambuco interrompida pelo golpe de Estado, a ineficácia do direito contra a força arbitrária, os esforços vãos de proteção de um pequeno camponês contra os caprichos de um coronel, a resistência da luta armada, rapidamente infiltrada e desmantelada pela ditadura, talvez mesmo graças às traições de seus supostos "heróis" como o Cabo Anselmo. Mesmo a anistia de 1979 não permite aos antigos combatentes clandestinos refazer a própria vida, já que não puderam mudar as alheias: essa esperança foi por sua vez ceifada por sórdidos acertos de conta pós-guerrilha. Promessas não cumpridas de um futuro radioso, impulsos podados pelo autoritarismo e pelo conservadorismo ambientes, forças inerciais do passado e das mentalidades arcaicas: "Agora tornara-se claro que o futuro não se organizara em torno de nós".[6]

O livro não seria ao final senão uma litania de veleidades, derrotas, ilusões, tingida de um desencanto generalizado, se o leitor não sentisse apesar de tudo a cada instante uma

---

[6] *O motor da luz*, p. 12 [nesta edição, idem].

faísca de sonho, de vida, ao menos uma capacidade de indignação: o derrisório e entretanto irreprimível "motor" da existência, a chama vacilante de uma "luz". Como se explica então que esse livro, de resto tão sombrio, escape ao niilismo e ao desespero? Por uma resistência nova comparável àquela que anima os personagens de Samuel Beckett, para os quais a palavra serve tanto para proclamar a progressão do nada como para reagir a seu apelo. Recorrendo a referências mais familiares a José Almino, é como se Machado de Assis viesse aqui modular José Lins do Rego, como se a nostalgia do tempo perdido fosse temperada com ceticismo. Pois *O motor da luz* reata-se claramente com a tradição pernambucana de uma literatura da decadência, da qual seu autor conhece os valores, a poética e a retórica. Mas ele não se limita a essa literatura. Pelo contrário, ele renova o gênero ao recusar toda e qualquer idealização, mesmo a de uma era dourada. Isso é particularmente claro na relação que o livro mantém com a literatura. Ela pode afagar o narcisismo de um jovem aspirante à carreira de escritor, se comprazer com as patotas literárias, se alimentar de histrionismo, de fatuidade e pedantismo, como as tagarelices peremptórias do Gordo; ela pode constituir um refúgio estéril, uma carapaça resignando-se a uma pequena dose de real e mesmo dele se protegendo; ela pode diluir a voz de um "autor" no infinito jogo de espelhos das citações. Enfim, pode-se pagar com a falsa moeda da eloquência, mesmo nas precauções contra as voltas e reviravoltas da autocomplacência. Não importa. É ela também, como testemunha o resultado do livro, que oferece uma expressão à dor, ao sentimento de vazio e de anulação; ela, que constitui a possibilidade de um avanço, de uma sublimação, de um desfecho; ela que, notadamente, pelas citações, possui o abre-te-sésamo das estações sucessivas de nossa existência. Não exatamente saída, mas passo inicial, estado de vigilância, ato, reação, aprumo.

Para José Almino, a citação não tem nada de exibição pós-moderna, pastiche desistoricizado ou mimetismo neutro:[7] nua e crua, ela é quase brutal. Depende do leitor para encontrar nelas os harmônicos. Oscilando entre o elegíaco e os balanços desabusados, ele não é, com efeito, solicitado somente para reconstituir os pontos de referência espácio-temporais faltantes, restabelecer as conexões lógicas ausentes, mas para interpretar essa trama de vozes, amontoado pungente à imagem dessa geração sacrificada, esmagada. A citação aninha-se nos interstícios de capítulos modestos e lacônicos, introduz-se nas brechas abertas pelas elipses da narrativa. Ora, feito coro, que reúne autores reconhecidos ou consagrados, de Montaigne a Naipaul, mas também modestos poetas pernambucanos e os cadernos de Noemi, tem um alcance incrivelmente democrático: nele figuram mais os textos do que propriamente autoridades, "nomes", valores estabelecidos. E neles se percebe que a ingenuidade de certas escritas tem um vigor inesperado. [...]

A cada vez, finalmente, a literatura, *parti pris* da escrita e elemento de referência, tem uma dupla finalidade. Em primeiro lugar, ela reorganiza a experiência para torná-la mais legível. Aquilo que a ficção faz perder em precisão referencial no trabalho da "memória", se ganha em virtualidade significante. Mas ao mesmo tempo essa reorganização preserva-se de reduzir e de simplificar a complexidade do vivido. Proveniente do caos e do informe, ela deve restituir as contradições, os "buracos", sem o quê ela não é mais literatura, mas livro de receitas. Grande parte do seu destino se joga, acreditamos, nessa intersecção paradoxal, à qual corresponde o reencontro não menos decisivo de um escritor e de seu leitor, de um texto e de uma leitura. Por isso a literatura não é interpreta-

---

[7] Ver sobre o assunto as análises de Fredric Jameson em *Pós-modernismo: a lógica cultural do capitalismo tardio*, São Paulo, Ática, 1996.

ção, mas potência interpretativa: virtude potencial, em suspensão, à espera. O que (nos) espera? Sua "ilegibilidade", aquilo que não se oferece à primeira abordagem, não se entrega, o que pega e agarra, a parte sediciosa abandonada aos que virão: o lugar do impensado do texto, que faz de sua maneira de pensar um pensamento insubstituível, sem igual.

A íntegra deste texto foi publicada originalmente na revista *Novos Estudos CEBRAP*, n° 84, julho de 2009, com tradução do francês por Milton Ohata.

SOBRE O AUTOR

José Almino nasceu no Recife, em 1946. Sociólogo, trabalhou de 1977 a 1984 no Secretariado da Organização das Nações Unidas, em Nova York, e foi pesquisador do Laboratório Nacional de Computação Científica/CNPq, no Rio de Janeiro, entre 1984 e 1995. Desde 1995 integra o quadro de pesquisadores da Fundação Casa de Rui Barbosa, da qual foi presidente entre 2003 e 2011. Publicou:

Poesia
De viva voz. Edição particular, 1982.
Maneira de dizer. São Paulo: Brasiliense, 1991.
A estrela fria. São Paulo: Companhia das Letras, 2010.
Encouraçado e cosido dentro da pele. Rio de Janeiro: Confraria do Vento, 2019.

Ficção
O motor da luz. Rio de Janeiro: Editora 34, 1994 (edição francesa: *Les nôtres*, tradução de Michel Riaudel. Paris: Maisonneuve et Larose, 2005).
Baixo Gávea. Diário de um morador. Rio de Janeiro: Relume Dumará, 1996.

Ensaio
Uns e outros. Rio de Janeiro: Nau, 2014.

Crônicas
Gordos, magros e guenzos. Recife: CEPE, 2017.

Este livro foi composto em Sabon,
pela Franciosi & Malta, com CTP da
New Print e impressão da Graphium
em papel Pólen Soft 80 g/m² da Cia.
Suzano de Papel e Celulose para a
Editora 34, em setembro de 2021.